Heinrich Böll

Die Verwundung

Büchergilde Gutenberg Die Kleine Reihe

Heinrich Böll

Die Verwundung

Frühe Erzählungen

Büchergilde

Mit 9 Bleistiftzeichnungen von Sascha Juritz

Mit freundlicher Genehmigung für die Mitglieder der Büchergilde Gutenberg. Erste Auflage. Ausstattung Juergen Seuss, Niddatal bei Frankfurt am Main. Satz Dörlemann-Satz, Lemförde. Schrift Bodoni-Antiqua Lichtsatzsystem Berthold tps 8000. Druck Color- und Werkoffsetdruckerei Richard Wenzel, Goldbach. Buchbindearbeit Großbuchbinderei Monheim (R. Oldenbourg). Printed in Germany 1986. ISBN 3 7632 3199 4

Inhaltsverzeichnis

Die Liebesnacht *7*
Der unbekannte Soldat *10*
Jak, der Schlepper *20*
Der Mord *37*
Siebzehn und vier *43*
Todesursache: Hakennase *48*
Vive la France! *59*
Die Verwundung *79*
Im Käfig *135*
Ich kann sie nicht vergessen *137*
Grün ist die Heide *144*
Die Dachrinne *155*
Einsamkeit im Herbst *160*
Am Ufer *164*
Ein Hemd aus grüner Seide *182*
In guter Hut *187*
Eine optimistische Geschichte *203*
Ich bin kein Kommunist *211*
Beziehungen *215*
An der Grenze *224*
Der Wellenreiter *229*
In Friedenstadt *235*

Die Liebesnacht

Er sah ihren Scheitel unter sich, die schmale weiße Straße ihres Scheitels, spürte ihre Brüste an seiner Haut, ihren warmen Atem im Gesicht, und seine Augen fielen unendlich weit in die schmale weiße Straße ihres Scheitels hinein. Irgendwo auf dem Teppich lag sein Koppel mit der deutlich sichtbaren, erhabenen Aufschrift:

»Gott mit uns!«,

daneben seine Feldbluse, deren Kragenbund schmutzig war, und irgendwo tickte eine Uhr.

Das Fenster stand offen, und draußen auf einer Terrasse hörte er das sanfte Klirren kostbarer Gläser, hörte Männer leise lachen und Frauen kichern, der Himmel war sanftblau, eine herrliche Sommernacht.

Und er hörte ihr Herz schlagen, ganz nah an seiner Brust, immer wieder fiel sein Blick in die schmale weiße Straße ihres Scheitels hinein.

Es war dunkel, aber der Himmel hatte noch diese sanfte sommerliche Helligkeit, und er wußte, daß er ihr so nah war, wie er ihr näher nicht hätte sein können, und doch unendlich weit entfernt. Sie sprachen kein Wort miteinander. Er spürte, daß die Uhr ihn forttickte, das Ticken der Uhr war stärker als der Herzschlag an seiner Brust, von dem er nicht wußte, ob es ihrer oder seiner war. Alles das hieß: Urlaub bis zum Wecken. Es hieß: schlaf noch mal bei einer,

aber schlaf richtig bei ihr. Er hatte sogar eine Flasche Wein bekommen.
Er sah die Flasche ganz deutlich, sie stand auf der Kommode und war nur ein schmaler, heller Streifen Licht. Das war die Flasche, ein heller Streifen Licht im Dunkeln. Sie war leer. Auf dem Teppich, wo Feldbluse, Hose und Koppel lagen, mußte auch der Korken liegen.
Sie hatte an seiner Brust gelegen, er hatte den Arm um sie geschlungen und mit der freien Hand geraucht; sie hatten kein Wort gesprochen. Alle ihre Zusammenkünfte zeichneten sich durch Stummheit aus. Er hatte immer gedacht, daß man mal mit einer würde sprechen können, aber sie sprach nicht.
Der Himmel draußen wurde dunkler, das leise Kurgastlachen erlosch auf der Terrasse, das Kichern der Frauen wurde zum Gähnen, und später hörte er den Kellner, der die Gläser heftiger zum Klirren brachte, wenn er vier oder fünf in einer Hand zusammenpackte, um sie wegzutragen. Dann wurden auch die Flaschen weggetragen, es klang voller, und zuletzt die Stühle aufeinandergestellt, Tische gerückt, und er hörte eine Frau lange und innig und sehr sorgfältig fegen: die ganze Nacht schien nur aus diesem Kehren zu bestehen. Sie machte es ruhig, sehr regelmäßig und sanft. Er hörte das Fegen des Besens und die Schritte der Frau von einem Ende der Terrasse zum anderen, dann kam eine müde, fette Stimme, die zur Tür hinausfragte: »Noch nich' fertig?« und die Frau antwortete ebenso müde: »Doch – gleich.«

Kurz danach war es ganz still draußen, der Himmel war dunkelblau geworden. Ruhig und sehr weit entfernt kam noch Musik hinter den schweren Vorhängen eines Nachtlokals hervor. So lagen sie nebeneinander, bis die Rotweinflasche langsam aus der Finsternis herausstieg, ein Lichtstreifen, der immer breiter und heller wurde, sich vollendete zur plastischen Rundung, dunkelgrün und leer, und die Feldbluse auf dem Boden mit der eingeknöpften schmutzigen Kragenbinde wurde sichtbar und das Koppel mit der erhabenen Aufschrift:

»Gott mit uns!«

Der unbekannte Soldat

Irgendwo da vorne fing die Front an. Er dachte immer, sie wären jetzt angekommen, wenn die Wagenkolonne stockte und in einem Dorf anhielt, wo in Schmutz und Schlamm Feldwebel und Soldaten mit grimmigen und gleichgültigen Gesichtern herumliefen. Aber es ging immer wieder weiter, und er hatte Angst, denn sie hörten schon lange Schüsse in der Nähe. Sie waren schon über die Stellungen der schweren Artillerie hinaus, denn die Abschüsse kamen von hinten, von da, wo sie hergekommen waren. Aber es ging immer weiter. Es war kalt, und es nützte gar nichts, den Mantel ständig zuzuziehen und am Kragen zu zerren, als könnte man ihn verlängern. Auch die Handschuhe waren zu dünn, und er hatte nicht einmal Lust zu rauchen, so kalt war ihm, und er war gräßlich müde, die Augen fielen ihm immer wieder zu, aber er konnte nicht schlafen, weil ihm schlecht war. Es war ihm übel von dem Benzingestank, und es war so beunruhigend, daß keiner von denen, die mit ihm im Wagen saßen, etwas sagte, sonst quatschten sie immer wie verrückt. Noch im Zug, auf dem Transport, hatten sie den ganzen Tag geredet, von ihren Weibern und Heldentaten und von den feinen Wohnungen, die sie zu Hause hatten, und den tollen Berufen. Es war keiner da, der keine schöne Wohnung hatte und keinen schönen Beruf, aber jetzt waren sie alle furchtbar still, und man hörte an ihrem Atem, daß sie froren. Die Straße war uneben. Halbe Meter

hoch lag der Dreck, durchfurcht von Panzerspuren, und dazwischen konnte man noch den Abdruck eines Pferdehufs manchmal erkennen. Die armen Pferde, dachte er. Und er dachte nicht einmal an die Infanteristen, die zu Fuß gehen mußten. Es war herrlich, daß sie gefahren wurden, aber vielleicht wäre es schöner gewesen zu gehen, man wäre warm geworden, und es hätte nicht so schnell gegangen ...
Aber jetzt wünschte er, daß es sehr schnell ging. Ihm war wirklich sterbenselend zumute. Mit jedem Atemzug schien er neue Übelkeit einzuziehen. Er roch nicht nur den fürchterlichen Gestank des Auspuffs, der direkt unter seiner Nase war, auch die furchtbaren Ausdünstungen derer, die hinter ihm saßen und die sich alle – wie er auch – seit vierzehn Tagen nicht mehr richtig gewaschen hatten, nur die Hände und das Gesicht. Eine üble Wolke säuerlichen, ekelhaften, schmutzigen, alten Schweißgeruchs kam von hinten. Einige rauchten, und es war ihm zum Kotzen schlecht, und er wäre froh gewesen, wenn jemand Mitleid mit ihm gehabt und ihm die Dienstpistole an den Kopf gesetzt und abgedrückt hätte ...
Und sie waren immer noch nicht vorne. Jetzt hörte er das Schießen der Maschinengewehre so nah, daß er glaubte, sie führen mit dem Auto mitten hinein, und das Dorf, durch das sie jetzt kamen, sah genauso aus, wie er sich ein Frontdorf vorstellte. Soldaten mit schmutzigen Stiefeln und vollkommen gleichgültigen Heldengesichtern, ordenbedeckt und stur, und Feldwebel, die gar nicht mehr so feldwebelig aussahen; auch Leutnants sah er und eine Feldküche hinter

einer schmutzigen Kate, auf einem Hof, der nur noch Jauche und Dreck zu sein schien, aber sie waren auch durch dieses Kaff schnell durch und immer noch nicht ganz vorne. Mein Gott, dachte er, wo ist denn bloß endlich die Infanterie.

Sie hielten an einem kleinen Wald, der einen Hügel bedeckte. Irgendwo vorne brüllte eine Stimme: Alles absteigen, und er sprang sofort vom Wagen und fing an, sich warm zu treten. Die anderen schmissen das Gepäck runter, er mußte ein Maschinengewehr annehmen, nahm auch die Munitionskästen und ließ sie in den Dreck fallen. Der Unteroffizier war ganz blaß und zitterte und schnauzte ihn an, weil er die Kästen in den Dreck hatte fallen lassen. Er blickte den Unteroffizier ganz erstaunt an. War es nicht vollkommen scheißegal? Sie konnten ihn auf der Stelle kaputtschießen, wenn sie wollten, so sterbenselend war ihm.

Er schnappte sich sein Gewehr, sein Sturmgepäck und zwei Kästen und trat in das Gebüsch, denn von vorn war der Befehl gekommen: Von der Straße weg. Im Gebüsch war es naß, einige rauchten, und er griff jetzt in die Taschen und holte auch eine Zigarette heraus. Er sah alles und hörte alles, und doch hörte und sah er nichts: Der Himmel war ganz grau, ohne ein dunkles oder helles Tüpfelchen, und es mußte nachmittags so gegen fünf Uhr sein, die Soldaten hockten auf ihren Kästen, manche trampelten auch herum, aber sie gaben es auf, weil der Boden ganz weich und naß war. So naß, daß es spritzte, wenn man trampelte. Es wurde nicht viel geredet. Irgendwo standen die Unteroffiziere beim Leutnant, und auf dem Wege, der in den Wald hineinführte, kam jetzt ein Hauptmann mit einer Liste. Es war ein junger Hauptmann, der den Leutnant aus irgendeinem Grunde anschnauzte, und der Leutnant stand stramm. Das Schießen der Maschinengewehre fing jetzt wieder an, der Schütze konnte keine zehn Meter von ihm weg liegen, und dann hörte er ein ganz anderes MG schießen, und er wußte, dieses rauhe, etwas langsamere, dunkle Schießen, das waren also die russischen MGs. Einen Augenblick spürte er in seiner furchtbaren Gleichgültigkeit etwas wie Erregung.

Der Hauptmann mit seinen schmutzigen Stiefeln und seinem verflucht jungen Gesicht sprach eindringlich auf den Leutnant und die Unteroffiziere ein.

Er warf die Zigarette weg und drehte sich zu dem Mann um, der ihm am nächsten stand. Es war kalt, er blickte ihn an, und es dauerte lange, bis er sich bewußt wurde, daß es Karl war. Karl, der stille, unscheinbare Bursche, der auch während der Fahrt wenig gesprochen hatte, ein älterer Mann mit einem Trauring, der ihm immer, so oft er ihn angesehen hatte, furchtbar bieder vorgekommen war.

»Karl«, sagte er leise.

»Was ist denn?« sagte Karl ruhig.

»Hast du etwas zu trinken?«

Karl nickte und nestelte an der Feldflasche, die am Brotbeutel hing. Er fühlte den Verschluß der Flasche in einer Hand, drehte ihn lose und setzte sie an den Mund, und als der erste Schluck in seine Kehle rann, wußte er plötzlich,

daß er einen höllischen Durst hatte. Er stöhnte vor Lust und trank in tiefen Zügen.
Plötzlich rief ihr Unteroffizier: »Sammeln!« und Karl riß ihm ängstlich die Flasche aus der Hand und hakte sie wieder fest. Alle Gruppen wurden von ihrem Unteroffizier gerufen und sammelten sich auf dem Waldweg, und gingen Reihe um Reihe hinter dem Hauptmann her in den Wald hinein.
Er dachte ans Trinken.
Der Durst war tierisch, und er fühlte die Versuchung, sich auf die Erde zu schmeißen und die Pfütze auf dem Waldweg auszutrinken. Der Waldweg kam ihm vertraut vor. Dieses dünne, fast gebüschartige Zeug, diese windigen Buchenstämmchen sehr weit auseinander und dazwischen die braune, aufgeweichte Erde, der graue, endlos graue Himmel darüber und dieser matschige Weg. Vorne der Hauptmann, der auf den Leutnant einredete, und die Unteroffiziere neben ihren Gruppen, das war genau wie auf dem Übungsplatz, wenn sie zum Scharfschießen marschierten ... das war alles Unsinn, sie waren nicht in Rußland, sie waren nicht die vielen tausend Kilometer mit der Bahn gefahren, um sich hier kaputtschießen zu lassen oder zu erfrieren. Alles nur ein Traum.
Die Schüsse vorn klangen sehr regelmäßig und schön, Gewehre und MGs, irgendwo auch Artillerie.
Plötzlich hielten sie, er blickte auf, sie standen vor einer Baracke, die unter den Bäumen am Rand des Waldwegs verborgen war. Dahinter standen noch mehrere Baracken,

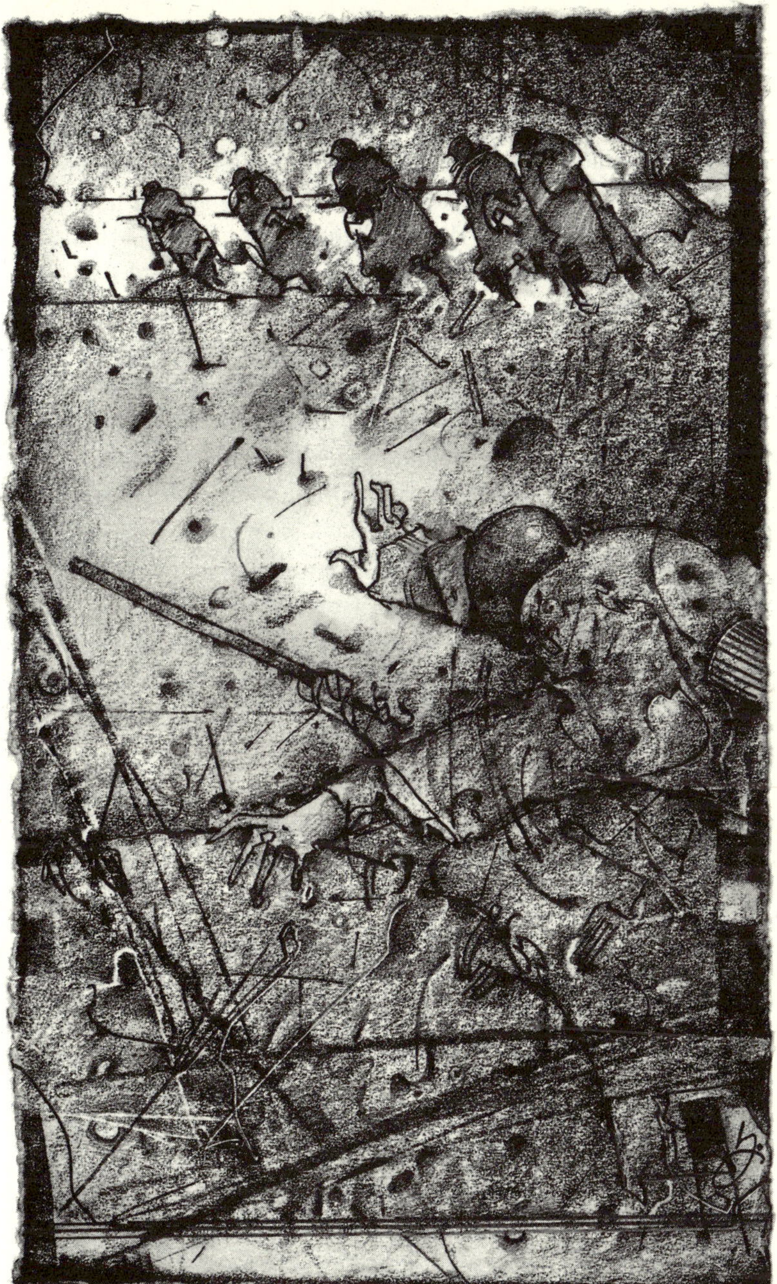

und tiefer im Wald drin sah er Erdlöcher, Eingänge zu Bunkern, vor denen Decken hingen und Telephonleitungen, und eine Küche stand irgendwo unter einem brüchigen Schuppen. Sie mußten wieder vom Weg ab und unter die schmalen, kümmerlichen Bäume treten. Aus den Bunkern kamen Landser hervor, auch Unteroffiziere und noch ein Leutnant. Sie sahen ziemlich gleichgültig aus, und er dachte: das ist doch nicht Rußland. Es war alles so furchtbar selbstverständlich. Der Landser, der zu ihnen trat, hatte eine Maschinenpistole umhängen und eine Pfeife in seinem grauen Gesicht. Er hatte immer gedacht, wenn sie nach vorne kämen, richtig nach vorne, würden sie verächtlich angesehen, weil sie doch das erstemal kamen. Aber keiner guckte verächtlich, eher gleichgültig und ein bißchen mitleidig. Sie spielen hier fabelhaft Krieg, dachte er. Es ist alles wahnsinnig echt, hoffentlich ist auch das Schießen echt, und sie schießen mich tot. Die Übelkeit hatte nicht nachgelassen, sein Kopfschmerz, und ein säuerliches, gräßliches Unwohlsein stieg ihm vom Magen her in den Kopf und schien alle seine Adern und Nerven zu füllen. Er atmete in tiefen Zügen, weil die frische Luft wenigstens für eine Zehntelsekunde wohltat. Sie spielen verdammt echt, dachte er, denn der Landser, der zu ihnen getreten war, kam jetzt nahe auf den Unteroffizier zu und sagte: »Zur dritten.«

»Jawohl«, antwortete der Unteroffizier, und der Landser guckte ihn komisch an.

»Dann man los«, sagte der Landser, und er ging quer in den Wald hinein, und der Unteroffizier ihm nach und sie alle

in Reihe hinterher. Mit seinem MG-Kasten war er der vorletzte.
Er torkelte hinter seinem Vordermann her durch dieses magere Buchengebüsch, und es war ihm jämmerlich kalt und kotzelend zumute ...
Plötzlich legte sich der Landser, der sie führen mußte, auf den Boden und rief: »Deckung!« Und im gleichen Augenblick schlugen vor ihnen Granaten ein. Es konnte nicht sehr weit sein: er hörte ein grauenhaftes leises Rauschen, ein Wehen, dann den Krach, und eines von den Buchenbäumchen wurde glatt umgeknickt. Er sah ganz genau, wie zwanzig Meter von ihm entfernt ein Stämmchen barst und langsam umsank, bis er das weiße, grünlich weiße Innere sehen konnte, an der Stelle, wo der Baum gesplissen war. Erdbrokken fielen runter, und manche kleine Spritzer platschten in seiner Nähe in den Boden. Es war wunderbar zu liegen. Obwohl er genau wußte, daß es ernst war, daß sie in Rußland waren, wirklich in Rußland, und fast schon ganz vorne an der Front, fühlte er nur, wie wunderbar es war, zu liegen, richtig ausgestreckt. Wenn es auch naß war und die Kühle und Nässe sehr schnell durch seinen Mantel drangen, ihm war alles gleichgültig.
Mein Gott, betete er, laß die nächste Granate mitten auf mich drauffallen ... Aber der Landser vorne war aufgestanden und rief: »Weiter!« Sie gingen weiter und hatten bald den Rand des Waldes erreicht. Der Landser wartete, bis sie alle heran waren, und erklärte ihnen irgend etwas. Er hörte alles ganz genau, aber es war ihm furchtbar gleichgültig, nie

im Leben war er so gleichgültig gewesen. Er fror jetzt auch so sehr, daß er mit den Zähnen klapperte. Vor ihnen lag ein großer Acker, der war ganz aufgewühlt, und da lag ein ausgebrannter Panzer mit einem Sowjetstern. Und links und rechts von dem Panzer waren Stellungen. Es sah so aus wie auf dem Übungsplatz. Richtige Laufgräben und Bunkererhöhungen, und er sah, welches Maschinengewehr schoß, und es schien ihm, als höre es sich jetzt viel weiter entfernt an als eben, wo sie im Auto gewesen waren. Und das Maschinengewehr schoß auf die Reste eines Hauses, das am Ende dieses Ackers stand, er sah die Einschläge, wie der Lehm von den Mauerresten spritzte, und von ganz anderswoher beschoß ein dunkler klingendes, langsameres MG jetzt den Waldrand, wo sie standen. Der Landser, der sie geführt hatte, schmiß sich wieder auf den Boden, und sie warteten nicht erst, bis er »Deckung!« rief, denn einer war getroffen worden, lag da und schrie, er schrie furchtbar, und das MG schoß weiter.

Er wollte zu dem Kumpel rüberrutschen, denn er hörte an der Stimme, daß es Willi war, aber zwei Mann lagen schon ganz flach neben ihm und wickelten Verbandzeug um ein Bein. Er hörte deutlich, wie einer der Schüsse in ein weiches, junges Stämmchen flatschte. Einige Querschläger summten wie rasende Bienen ins Unendliche.

Als er sah, daß die anderen vorsichtig zurückkrochen, kroch er auch zurück, obwohl sich ihm vor Müdigkeit und Übelkeit alles vor den Augen drehte. Es war anstrengend, sich nach rückwärts zu schieben, und das Maschinengewehr sägte jetzt über ihre Köpfe weg, und es war gräßlich, wie die Geschosse nun hinter ihnen in den Waldboden flappten oder in das weiche Holz schlugen, so daß man die jungen, grünweißen Wunden sehen konnte. Und dann schlug wieder eine Granate ein, dann mehrere, es war nur noch Krach und ein grauenhafter Gestank, und wieder schrie einer auf, dann ein anderer. Er wußte nicht, wer schrie, er wollte nur schlafen, schloß die Augen und schrie, schrie weiter, ohne zu wissen, daß er schrie, bis Gott seinen Wunsch erfüllt hatte ...

Jak, der Schlepper

Er kam nachts mit den Essenholern als Ersatz für Gornizek, der hinten am Gefechtsstand lag. Es war sehr dunkel in jenen Nächten, und die Angst stand wie ein Gewitter über der fremden, finsteren Erde. Ich war vorne auf Horchposten und lauerte ebenso sehr nach hinten, wo die Geräusche der Essenholer zu hören waren, wie nach vorne in das dunkle Schweigen bei den Russen.

Gerhard war es, der ihn mitbrachte, zugleich mit meinem Kochgeschirr und den Zigaretten.

»Willst du auch das Brot?« fragte Gerhard, »oder soll ich es dir aufbewahren bis morgen früh?« Ich hörte an seiner Stimme, daß er es eilig hatte, wieder zurückzugehen.

»Nein«, sagte ich, »gib alles her, alles wird gleich gegessen.«

Er reichte mir das Brot und das Büchsenfleisch in einem Stück Fettpapier, die Rolle Drops und Butterschmalz auf einem Fetzen Pappdeckel.

Die ganze Zeit über stand der Neue zitternd und stumm daneben. »Und hier«, sagte Gerhard, »ist der, der für Gornizek gekommen ist. Der Leutnant hat ihn zu dir rausgeschickt, auf Horchposten.«

»Ja«, sagte ich nur; es war üblich, die Neuen auf die schwierigsten Posten zu stecken. Gerhard schlich sich nach hinten weg.

»Komm runter«, sagte ich leise. »Nicht so laut, verdammt!« Er klapperte blödsinnig mit seinem Koppelzeug, dem Spaten und der Gasmaske, trat ungeschickt ins Loch und stieß fast mein Kochgeschirr um. »Idiot«, murmelte ich nur und machte Platz. Mehr hörend als sehend, wußte ich, wie er nun vorschriftsmäßig abschnallte, den Spaten zur Seite legte, die Gasmaske daneben und das Gewehr vorne auf die Brüstung, in Richtung zum Feind, und wie er dann das Koppel wieder umschnallte.

Die Bohnensuppe war kalt geworden, und es war gut, daß ich im Dunkel die vielen Maden nicht sehen konnte, die bestimmt aus den Bohnen herausgekocht waren. Es war viel Fleisch drin, knusprig angebratene Stücke, die ich wohlig zerbiß. Dann aß ich das Büchsenfleisch aus dem Papier und quetschte das Brot ins leere Kochgeschirr. Er stand ganz stumm neben mir, immer das Gesicht zum Feind, und ich sah in der Finsternis ein stumpfes Profil, und wenn er sich zur Seite wandte, sah ich an seinen schmalen Backen, daß er noch jung war, der Stahlhelm war fast wie der Panzer einer Schildkröte. Diese Jungen hatten etwas ganz Bestimmtes an ihren Backen, das ans Soldatenspielen auf einem Feld in der Vorstadt erinnerte. »Mein roter Bruder Winnetou« schienen sie immer zu sagen, und ihre Lippen zitterten vor Angst, und ihr Herz war ganz steif vor Tapferkeit. Diese armen kleinen Burschen . . .

»Setz dich ruhig hin«, sagte ich in jenem mühsam angelernten Tonfall, den man gut verstehen, aber kaum einen Meter weit hören konnte. »Hier«, fügte ich hinzu und zog ihn am Mantelschoß und zwang ihn fast in die eingebaute Sitzgelegenheit. »Du kannst sowieso nicht die ganze Zeit stehen . . .«

»Aber auf Posten ...«, sagte eine schwache Stimme, die brüchig war wie ein sentimentaler Tenor.
»Still, Mensch!« fauchte ich ihn an.
»Auf Posten«, flüsterte er, »darf man doch nicht sitzen.«
»Nichts darf man, auch keinen Krieg anfangen.«
Obwohl ich nur seine Umrisse sah, wußte ich doch, daß er nun da saß wie ein Schüler im Unterricht, die Hände auf den Knien, ganz gerade und bereit, jede Sekunde in die Höhe zu springen. Ich duckte mich nach vorne, zog meinen Mantel über den Nacken ganz herüber und zündete eine Pfeife an.
»Willst du auch rauchen?«
»Nein.« Ich war erstaunt, wie gut er schon flüstern konnte.
»Komm her«, sagte ich, »dann trink einen.«
»Nein«, sagte er wieder, aber ich packte ihn beim Kopf und hielt ihm den Hals der Flasche an den Mund; geduldig wie ein Kalb, das die erste Pulle kriegt, ließ er ein paar Schlucke einlaufen, dann machte er eine so heftige Bewegung des Abscheus, daß ich absetzte.
»Schmeckt's nicht?«
»Doch«, stotterte er, »aber ich habe mich verschluckt.«
»Dann trink selbst.«
Er nahm die Flasche aus meiner Hand und tat einen ordentlichen Schluck.
»Danke«, murmelte er. Auch ich trank.
»Ist dir besser, wie?«
»Ja ... viel ...«
»Nicht mehr soviel Angst, wie?«

Er schämte sich zu sagen, daß er überhaupt Angst hatte, aber so waren sie alle.
»Ich habe auch Angst«, sagte ich, »immer, darum nehm' ich die Tapferkeit aus der Pulle ...«
Ich spürte, wie er sich mit einem heftigen Ruck mir zuwandte, und beugte mich nah zu ihm, um sein Gesicht zu sehen. Aber ich sah nichts als das helle Glitzern der Augen, die mir gefährlich erschienen, und dumpfe dunkle Umrisse, aber ich roch ihn. Er roch nach Kammer, nach Schweiß, Kammer und Suppenresten und ein wenig nach dem Schnaps. Es war ganz, ganz still, auch hinter uns schienen sie mit der Verteilerei des Fressens fertig geworden zu sein. Er wandte sich wieder zum Feind.
»Bist du's erste Mal draußen?«
Er schämte sich wieder, ich spürte es, aber dann sagte er: »Ja.«
»Wie lange bist du denn Soldat?«
»Acht Wochen.«
»Und wo kommt ihr her?«
»Aus St. Avold.«
»Woher?«
»St. Avold. Lothringen, weißt du ...«
»Lange unterwegs?«
»Vierzehn Tage.«
Wir schwiegen, und ich versuchte, das undurchdringliche Dunkel vor uns mit meinen Blicken zu durchschneiden. Ach, wenn es doch Tag würde, dachte ich, wenn man wenigstens etwas sehen, wenigstens Dämmer, wenigstens Nebel,

wenigstens etwas, etwas sehen könnte, etwas Licht ... aber wenn Tag war, würde ich mir wünschen, daß es dunkel wäre. Wenn es doch wenigstens schon dämmerte, oder wenn plötzlich Nebel kämen. Es war immer dasselbe ...

Vorne war nichts. Ganz ferne ein sanftes Brummen von Motoren. Auch die Russen bekamen zu fressen. Dann hörte man eine zwitschernde Russenstimme, die jäh unterdrückt wurde, als würde einem der Mund zugehalten. Es war nichts ...

»Weißt du, was wir zu tun haben?« fragte ich ihn. Ach, wie schön war es, daß ich nicht mehr allein war. Wie herrlich, den Atem eines Menschen zu hören, seinen dumpfen Geruch zu spüren. Ein Mensch, von dem man wußte, daß er einen nicht in der nächsten Sekunde kaltmachen wollte.

»Ja«, sagte er, »Horchposten.« Wieder wunderte ich mich, wie gut er flüstern konnte, fast besser als ich. Es schien so mühelos bei ihm. Für mich war es immer eine Anstrengung, ich hätte am liebsten gebrüllt, geschrien, gerufen, daß die Nacht zusammengefallen wäre wie schwarzer Schaum, für mich war es eine wahnsinnige Anstrengung, dieses Flüstern.

»Gut«, sagte ich, »Horchposten. Also, wir müssen aufpassen, wenn die Russen kommen, angreifen. Dann schießen wir Rot, ballern ein bißchen mit den Gewehren und hauen ab, nach hinten, verstanden? Wenn aber nur ein paar kommen, ein Spähtrupp, dann müssen wir die Schnauze halten, ihn durchlassen, und einer muß zurück, den anderen Bescheid sagen, dem Leutnant, du warst bei ihm im Loch, wie?«

»Ja«, sagte er mit zitternder Stimme.

»Gut. Und wenn der Spähtrupp uns beide angreift, dann müssen wir ihn kaltmachen, mausetot, verstehst du? Vor einem Spähtrupp dürfen wir nicht stiftengehen. Verstanden? Wie?«
»Ja«, sagte er, und seine Stimme zitterte noch immer, und dann hörte ich ein furchtbares Geräusch: er klapperte mit den Zähnen.
»Da«, sagte ich und reichte ihm die Flasche.
Auch ich trank wieder.
»Wenn nun ... wenn nun ...«, stotterte er, »wenn wir nun gar nicht sehen, daß sie kommen ...«
»Dann sind wir verratzt. Aber sei ruhig, wir sehen oder hören sie bestimmt. Und wenn es uns verdächtig vorkommt, dürfen wir eine Leuchtrakete schießen, dann sehen wir alles.« Er schwieg wieder, es war schrecklich, daß er nie von sich aus anfing zu sprechen.
»Aber sie kommen nicht«, schwätzte ich, »nachts kommen sie nicht. Höchstens morgens, zwei Minuten vor der Dämmerung ...«
»Zwei Minuten vor der Dämmerung?« unterbrach er mich.
»Zwei Minuten vor der Dämmerung machen sie sich auf, dann sind sie beim Hellwerden hier ...«
»Aber dann ist es doch zu spät.«
»Dann heißt es eben, schnell Rot schießen und ab ... keine Angst, dann kann man laufen wie ein Hase. Und wir hören es ja vorher. Wie heißt du eigentlich?« Es war lästig, jedesmal, wenn ich mit ihm sprechen wollte, mußte ich ihm einen Rippenstoß geben, die Hände aus den warmen Ta-

schen nehmen und wieder zurückwursteln und wieder warten, bis sie warm waren ...
»Ich«, sagte er, »ich heiße Jak ...«
»Englisch, wie?«
»Nein«, sagte er, »von Jakob ... Jak ... a ... k, nicht Jäck, Jak, einfach Jak.«
»Jak«, fragte ich ihn weiter, »was hast du denn bisher gemacht, wie?«
»Ich? Zuletzt war ich Schlepper.«
»Wie?«
»Schlepper.«
»Was hast du denn geschleppt?«
Er wandte mir das Gesicht zu, ganz ruckartig, und ich spürte, daß er sehr erstaunt war.
»Was ich schleppte ... was ich schleppte ... na, ich war eben Schlepper ...«
»Wie?« fragte ich. »Aber was?«
Er schwieg eine Weile, blickte wieder nach vorne, dann kam sein Kopf in der Dunkelheit wieder auf mich zu.
»Ja«, sagte er, »... was ich schleppte«, er seufzte tief, »ich stand am Bahnhof, zuletzt wenigstens immer ... und wenn jemand kam, vorbeikam, von den vielen da, jemand, von dem ich dachte, daß er in Frage käme, meistens waren es ja Soldaten, also wenn jemand kam, dann fragte ich ihn leise, ganz leise, weißt du: ›Mein Herr, wollen Sie glücklich werden?‹ So fragte ich ...« Seine Stimme zitterte wieder, und es mag sein, daß es diesmal nicht Angst, sondern die Erinnerung war.

Vor Aufregung vergaß ich, einen Schluck zu nehmen. »Und«, fragte ich heiser, »wenn er glücklich werden wollte?«
»Dann«, sagte er mühsam, und wieder schien es die Erinnerung zu sein, die ihn übermannte, »dann brachte ich ihn zu einem von den Mädchen, das gerade frei war.«
»Ins Puff, wie ...?«
»Nein«, sagte er sachlich, »ich arbeitete nicht für die Puffs, ich hatte ein paar Wilde, weißt du, ein paar Freie, die mich zusammen hielten. Drei ohne Schein. Käthe, Lilli und Gottliese ...«
»Wie?« unterbrach ich ihn ...
»Ja, sie hieß Gottliese. Komisch, nicht wahr? Sie sagte mir immer, ihr Vater hätte lieber einen Sohn gehabt, den hätte er dann Gottlieb nennen wollen, und deshalb hat er sie Gottliese genannt. Komisch, nicht wahr?« Er lachte tatsächlich ein wenig. Wir beide hatten vergessen, warum wir da in dem Dreckloch hockten. Und jetzt brauchte ich ihn nicht mehr mühevoll anzuzapfen wie ein stures Faß, er schwatzte fast ganz von selbst.
»Gottliese«, fuhr er fort, »war die netteste. Sie war immer großzügig und traurig und eigentlich auch die hübscheste und ...«
»Dann«, unterbrach ich ihn, »dann warst du also Zuhälter, wie?«
»Nein«, sagte er etwas belehrend, »nein, ach«, er seufzte wieder, »Zuhälter, das sind große Herren, Tyrannen sind das, die machen eine Masse Marie weg und pennen ja auch mit den Mädchen ...«

»Du nicht?«

»Nein, ich war ja nur Schlepper. Ich mußte die Fische angeln, die sie brieten und aufaßen, und dann bekam ich etwas von den Gräten ...«

»Die Gräten?«

»Ja.« Er lachte wieder ein wenig: »Eben ein Trinkgeld, verstehst du? Und davon lebte ich, seit Vater gefallen und Mutter verschwunden war. Ich taugte ja nicht zur Arbeit wegen der Lunge. Nein, die Mädchen, für die ich arbeitete, hatten keinen Zuhälter, Gott sei Dank! Da hätte ich manche Prügel einstecken müssen. Nein, sie arbeiteten ganz allein, ganz wild, weißt du, ohne Schein und alles, und sie durften sich nicht auf der Straße sehen lassen wie die anderen ... es war zu gefährlich, und deshalb machte ich den Schlepper für sie.« Wieder seufzte er. »Du, darf ich noch mal die Flasche haben?« Während ich nach unten langte, um die Pulle hochzuheben, fragte er: »Wie heißt du eigentlich?«

»Hubert«, sagte ich und gab ihm die Flasche.

»Das tut gut«, sagte er, aber ich konnte ihm keine Antwort geben, weil ich die Flasche am Halse hatte. Sie war jetzt leer, und ich ließ sie sanft zur Seite rollen.

»Hubert«, sagte er nun, und seine Stimme zitterte jetzt heftig, »sieh doch mal!« Er zog mich nach vorne, wo er flach auf der Brüstung lag. »Sieh doch mal!« Wenn man ganz, ganz fest blickte, dann sah man sehr, sehr weit weg irgendwo so etwas wie einen Horizont, eine pechschwarze Linie, über der es etwas heller wurde, und in dem helleren Dunkel über der pechschwarzen Linie bewegte sich etwas wie ein sanftes

sich Regen von Sträuchern. Es konnten auch heranschleichende Menschen sein, unheimlich viele ganz lautlos heranschleichende Menschen ...
»Schieß doch mal Weiß!« flüsterte er mit verlöschender Stimme.
»Junge«, sagte ich und legte ihm die Hand auf die Schulter, »Jak, das ist nichts; das ist unsere Angst, die sich da bewegt, das ist die Hölle, das ist der Krieg, das ist die ganze Scheiße, die uns verrückt macht ... es ist ... es ist nichts Wirkliches.«
»Aber ich seh es doch, es ist ganz bestimmt etwas ... etwas Richtiges ... sie kommen ... sie kommen ...« Wieder hörte ich, daß ihm die Zähne klapperten.
»Ja«, sagte ich, »sei still. Es ist etwas Richtiges. Das sind Sonnenblumenstengel, morgen früh wirst du sie sehen und lachen, wenn es ganz hell geworden ist, dann siehst du und lachst, das sind Sonnenblumenstengel, die stehen vielleicht einen Kilometer weit weg, und es sieht aus, als ob sie am Ende der Welt ständen, nicht wahr? Ich kenne sie ... verdorrte, schwarze, dreckige und zum Teil zerschossene Sonnenblumenstengel, deren Köpfe die Russen gefressen haben, und unsere Angst macht, daß sie sich bewegen.«
»Ach ... schieß doch Weiß ... schieß doch Weiß ... ich sehe es doch!«
»Ich kenne sie doch, Jak.«
»Schieß doch Weiß. Eine einzige Patrone ...«
»Ach, Jak«, flüsterte ich zurück, »wenn sie wirklich kommen, dann hört man es ja auch, horch doch mal?« Wir hielten den Atem an und lauschten. Es wurde ganz still, und

nichts war zu hören als jene furchtbaren Geräusche der Stille.

»Doch«, flüsterte er, und ich hörte an seiner Stimme, daß er bleich war wie der Tod, »doch, ich höre sie ... sie kommen ... sie schleichen ... sie kriechen über die Erde ... es klirrt ein wenig ... ganz leise kommen sie, und wenn sie nahe sind, ist es zu spät ...«

»Jak«, sagte ich, »ich kann nicht Weiß schießen. Ich hab nur zwei Patronen, verstehst du? Und eine brauch ich morgen früh, ganz früh, wenn die Stukas kommen, damit sie wissen, wo wir liegen, und uns nicht kaputt schmeißen. Und die andere, die andere brauch ich, wenn es wirklich ernst wird. Morgen früh wirst du lachen ...«

»Morgen früh«, sagte er sehr kalt, »morgen früh bin ich tot.«

Jetzt wandte ich mich ihm plötzlich zu, so platt war ich. Er hatte das sicher und bestimmt gesagt.

»Jak«, sagte ich, »du bist verrückt.«

Er schwieg, und wir lehnten uns wieder zurück. Ich hätte so gerne sein Gesicht gesehen. Das Gesicht eines richtigen Schleppers, ganz nah. Immer nur hatte ich sie flüstern hören, an den Ecken und Bahnhöfen in allen Städten Europas, und immer hatte ich mich mit einer jähen, heißen Angst im Herzen weggewandt.

»Jak ...«, wollte ich anfangen.

»Schieß doch bitte Weiß«, flüsterte er nur wie ein Irrer.

»Jak«, sagte ich, »du wirst mich verfluchen, wenn ich jetzt Weiß schieße. Wir haben noch vier Stunden, weißt du, und es wird laut werden, das kenne ich. Heute ist der 21., und da kriegen sie Schnaps da drüben, jetzt eben mit dem Fressen haben sie Schnaps gekriegt, verstehst du, und in einer halben Stunde werden sie anfangen zu schreien und zu singen und zu schießen; und vielleicht kommt wirklich was; und wenn die Stukas morgen früh kommen, dann bricht dir der Schweiß aus vor Angst, so nah schmeißen die, und dann muß ich Weiß schießen, sonst sind wir Marmelade, und du wirst mich verfluchen, wenn ich jetzt Weiß schieße, wo doch nichts ist; glaub es mir; erzähl mir lieber noch was. Wo hast du denn zuletzt ... geschleppt?«

Er seufzte tief. »In Köln«, sagte er.

»Am Hauptbahnhof, wie?«

»Nein«, fuhr er müde fort, »nicht immer. Manchmal an Süd. Ja, es war praktischer, weil die Mädchen dort näher wohnten. Lilli am Opernhaus und Käthe und Gottliese da am Barbarossaplatz. Ja weißt du«, seine Stimme war jetzt träge, als sei er beim Einschlafen, »wenn ich am Hauptbahnhof manchmal einen geschnappt hatte, der ging mir unterwegs wieder durch, und das war ärgerlich; sie kriegten manchmal Angst unterwegs oder was anderes, ich weiß nicht, und dann gingen sie mir durch, ohne was zu sagen. Es war eben zu weit, vom Hauptbahnhof da runter, und zuletzt stand ich oft an Süd, denn viele Soldaten stiegen dort aus, weil sie meinten, es sei Köln, ich meine: Hauptbahnhof. Und von Süd war's nur ein Katzensprung; da ging so leicht keiner durch. Zuerst«, er beugte sich wieder zu mir, »zuerst bin ich immer zu Gottliese gegangen, sie wohnte in einem Haus, da war ein Café drin, später ist es ausgebrannt. Gottliese, weißt

du, die war die netteste. Sie gab mir am meisten, aber deshalb bin ich nicht zuerst zu ihr gegangen, wirklich nicht, du, glaub mir, bestimmt nicht. Ach, du glaubst mir nicht, deshalb bin ich aber wirklich nicht zuerst zu ihr gegangen, weil sie das meiste gab, glaubst du?« Er fragte jetzt so eindringlich, daß ich mich gezwungen sah, ja zu sagen.
»Aber Gottliese war oft besetzt, komisch, nicht wahr? Sie war sehr oft besetzt. Sie hatte viele Stammkunden, und manchmal ging sie auch auf die Straße, wenn es zu lange dauerte. Und wenn Gottliese besetzt war, war ich traurig, dann ging ich erst zu Lilli. Lilli war auch nicht übel, aber sie soff, und Weiber, die saufen, sind furchtbar, unberechenbar, manchmal grob, manchmal freundlich, aber Lilli war immer noch netter als Käthe. Käthe, die war ganz kalt, sag ich dir. Die gab zehn Prozent und Feierabend. Zehn Prozent! Da rannte ich oft 'ne halbe Stunde durch die kalte Nacht, stand stundenlang am Bahnhof oder hockte bei schlechtem Bier in der Kneipe, setzte mich der Gefahr aus, von der Polizei geschnappt zu werden, und dann zehn Prozent! Scheiße, sag ich dir! Käthe kam also immer zuletzt dran. Am anderen Tage, wenn ich den ersten brachte, bekam ich das Geld. Manchmal nur fünfzig Pfennig, einmal sogar nur 'nen Groschen, verstehst du, einen Groschen!«
»Einen Groschen?« fragte ich entsetzt.
»Ja«, sagte er, »sie hatte nur 'ne Mark bekommen. Hatte einfach nicht mehr bei sich, der Kerl.«
»Ein Soldat?«
»Nein, ein Zivilist, ein ganz Alter noch dazu. Und beschimpft

hat sie mich auch noch. Ach, Gottliese war anders. Die gab mir immer viel. Immer mindestens zwei Mark. Auch wenn sie gar nichts bekommen hatte. Und dann ...«
»Jak«, fragte ich, »manchmal nahm sie nichts?«
»Ja, manchmal nahm sie nichts. Im Gegenteil, glaub ich. Sie schenkte den Soldaten noch Zigaretten oder Butterbrote oder irgendwas einfach dazu.«
»Dazu?«
»Ja. Dazu. Sie war sehr großzügig. Ein furchtbar trauriges Mädchen, sage ich dir! Und sie kümmerte sich auch ein bißchen um mich. Wie ich wohnte, und ob ich zu rauchen hatte und so, weißt du. Und sie war hübsch, eigentlich die hübscheste.«
Ich wollte fragen, wie sie aussah, aber in diesem Augenblick fing der erste Russe an zu schreien wie ein Wahnsinniger. Es stieg wie ein Heulen hoch und versammelte andere Stimmen um sich, und schon knallte der erste Schuß. Ich konnte Jak gerade noch am Mantelsaum erwischen, mit einem Satz wäre er draußen und davon gewesen und den Russen in die Arme gelaufen. Alle laufen den Russen in die Arme, die so abhauen. Ich zog den Zitternden zurück, ganz nah an mich.
»Sei doch still, es ist ja nichts. Sie sind nur ein bißchen besoffen, und dann schreien sie und schießen blindlings über die Böschung. Und du mußt dich ducken, denn gerade diese Schüsse treffen manchmal ...«
Jetzt hörten wir eine Weiberstimme, und obwohl wir kein Wort verstanden, wußten wir, daß sie irgend etwas sehr

Gemeines geschrien und gesungen haben mußten. Ihr grelles Lachen riß die Nacht in Fetzen.
»Sei doch ruhig«, sagte ich zu dem zappelnden und stöhnenden Jungen, »es dauert ja nicht lange, ein paar Minuten, bis der Kommissar es merkt, dann schlägt er sie in die Schnauze. Sie dürfen es ja nicht, und was sie nicht dürfen, wird ihnen schnell ausgetrieben, genau wie bei uns . . .«
Aber das Schreien hielt an und das wilde Knallen, und zu allem Unglück schoß hinten auch noch einer von uns. Ich hing mich an den Jungen, der mich von sich stoßen und abhauen wollte. Vorne hörte man Schreie, dann Gebrüll . . . noch einmal Schreie . . . Schüsse und einmal noch die furchtbare Stimme des besoffenen Weibes. Dann war es ganz still, schrecklich still . . .
»Siehst du«, sagte ich.
»Jetzt . . . jetzt kommen sie . . .«
»Nein . . . horch doch mal!«
Wir horchten wieder, und es war nichts zu hören als dieses grauenvolle Mahlen der Stille.
»Sei doch vernünftig«, fuhr ich fort, weil ich wenigstens meine eigene Stimme hören wollte. »Hast du nicht das Mündungsfeuer gesehen? Sie liegen mindestens zweihundert Meter von hier, und wenn sie kommen, das hörst du, das hörst du ganz bestimmt, sag ich dir.«
Es schien ihm jetzt alles gleichgültig zu sein. Er hockte stumm und steif neben mir.
»Wie«, fragte ich jetzt, »wie sah sie denn aus, diese Gottliese?«

Widerwillig antwortete er mir. »Hübsch«, sagte er ganz kurz, »dunkles Haar und große, ganz helle Augen, sehr klein war sie, furchtbar klein, weißt du.« Er wurde plötzlich wieder gesprächig: »... und ein bißchen verrückt. Man kann's nicht anders nennen. Jeden Tag legte sie sich einen anderen Namen zu. Inge, Simone, Kathlene, was weiß ich, jeden Tag fast einen neuen ... oder Susemarie. Sie war ein bißchen verrückt, und oft nahm sie gar kein Geld.«
Ich packte ihn heftig am Arm. »Jak«, sagte ich, »ich werde jetzt Weiß schießen. Ich glaub, ich hör was.«
Sein Atem stockte. »Ja«, flüsterte er, »schieß Weiß, ich hör sie, ich werde sonst verrückt ...«
Ich hielt seinen Arm fest, packte die geladene Leuchtpistole, hielt sie hoch über den Kopf und drückte ab; es rauschte wie vor dem Jüngsten Gericht, und als das Licht sich wie eine sanfte, silberne Flüssigkeit ausbreitete – wie ein schimmernder Weihnachtsregen –, da hatte ich keine Zeit mehr, sein Gesicht anzusehen, denn ich hatte nichts gehört, gar nichts, und hatte nur Weiß geschossen, um sein Gesicht zu sehen, das Gesicht eines echten Schleppers. Ich hatte keine Zeit mehr dazu, denn wo vorher dieses Heulen gewesen war, schrilles Schreien eines besoffenen Weibes, da wimmelte es nun von stummen Gestalten, die sich im Licht zur Erde duckten und dann plötzlich mit ihrem irren »Hurrä« vorstürmten. Ich hatte auch keine Zeit mehr, Rot zu schießen, denn um uns herum brach die furchtbare Furche des Krieges auf und deckte uns zu ... Ich mußte Jak hinter mir herziehen aus dem Loch, und als ich ihn müh-

sam hochgezogen hatte und mich schreiend vor Angst über ihn beugte, um wenigstens im Tode noch sein Gesicht zu sehen, da flüsterte er nur noch leise: »Wollen Sie glücklich werden, mein Herr ...«, und ich wurde rauh und jäh von einer wilden, schrecklichen Hand über ihn gestoßen.
Aber meine Augen sahen nichts mehr als Blut, dunkler als die Nacht, und das Gesicht einer verrückten Dirne, die sich verschenkt hatte für nichts und noch etwas dazugegeben hatte ...

Der Mord

»Der Alte ist verrückt«, sagte ich leise.
»Ich glaub eher, daß er besoffen ist. Er ist immer besoffen, wenn er Angriff befiehlt. Ja, Mensch, so ist es doch.« Ich schwieg, und Heinis müde Stimme fuhr fort: »Er pumpt sich voll, daß ihm Hören und Sehen vergeht, und dann: Los! Ran! Ich scheiß auf diese Art Tapferkeit ... schläfst du?« seine Hand tastete sich zu mir, und er zog mich am Koppel.
»Laß«, sagte ich ein bißchen ärgerlich, »ich bin ja wach. Aber ich möchte nur wissen, wie man sich drücken kann. Ich hab gar keinen Appetit auf den Heldentod, warum, weiß ich selbst nicht. Und das letzte Mal, du weißt ja, blieben fuffzehn Mann liegen; wir mußten stiftengehen, und der Alte krakeelte vor Wut, weil seine Halsschmerzen noch nicht kuriert waren ...«
»Nix zu machen, du; vorne die Russen und hinten die Preußen, und in der Mitte sind wir, auf einem sehr kleinen und schmalen, schwarzen Streifen; man muß sehen, ob man durchkommt ...«
Vorne irgendwo fuhr eine Leuchtgranate hoch, und es floß wie ein bleicher Schimmer über die arme, hügelige Erde ...
»Sieh da!« rief Heini plötzlich hastig, »da haben sie Licht gemacht, die Idioten, paß auf, gleich knallt's.«
Hinter uns, wo am Hügelrand die Befehlsstände lagen, wurde anscheinend vor einem Bunkerloch die Decke weggezogen, eine krumme Silhouette wurde sichtbar, dann war

es wieder finster dort; auch die Leuchtgranate war erloschen, als sei ihr Licht von der unendlichen Finsternis aufgesogen ...
»Das war dem Alten sein Loch, hoffentlich setzen sie ihm ordentlich eins davor, oder gar mitten hinein, dann fällt morgen der Angriff aus ...«
Wir duckten uns schnell, denn irgendwo vor uns hatten wir ein sanftes Knacken gehört, dann gab's einen schlimmen Krach, und hinten am Hügelrand brachen ein paar kurze, schwärzlich-rote Flammen aus der Erde, dann war's wieder still, und wir lauschten gespannt, ob hinten nun Lärm und Geschrei wach werden würde; aber es blieb alles still ...
»Scheint gutgegangen zu sein«, murmelte Heini böse, »ja, ist doch wahr, ein ordentlicher Volltreffer beim Alten hinein, und morgen haben wir zwanzig Tote gespart ...«
Wir drehten uns wieder um und hielten unsere Gesichter der rabenschwarzen Wand der Nacht entgegen ...
»Da sitzt er nun und brütet, die Sau, säuft und brütet seinen Plan zurecht ...«
»Glaub eher, daß er pennt«, sagte ich müde.
»Aber er hat doch Licht gehabt.«
»Hat immer Licht brennen, auch wenn er pennt; bin ein paarmal dagewesen mit Meldungen. Zwei Kerzen brannten, und er pennte. Mit offenem Maul, schnarchend, wahrscheinlich besoffen ...«
»So«, sagte Heini nur, und etwas in diesem »so« ließ mich plötzlich wach werden. Ich blickte dorthin, wo er stehen mußte, und lauschte seinem Atem. »So«, sagte er noch ein-

mal, und ich hätte viel darum gegeben, wenn ich sein Gesicht hätte sehen können, so sah ich nur, schwärzer noch als die schwarze Nacht, die groben Umrisse seiner Gestalt und hörte plötzlich, daß er begann, aus dem Loch zu klettern; kleine Brocken fielen von der Brüstung herab, und ich hörte, wie er, mit den Händen kratzend, oben Halt suchte ...
»Was ist los?« fragte ich unruhig, denn ich hatte Angst, allein in diesem Loch zu hocken.
»Mensch, ich muß mal, ganz kräftig, sag ich dir; hab den Durchfall, kann was dauern.« Er war schon oben, und ich hörte bald seine Schritte nach rechts verschwinden, aber dann schluckte die Dunkelheit alle Geräusche ...
Als ich allein war, griff ich nach der Fuselflasche, die ich im Dunkel gleich unter dem kühlen Blech des MG-Kastens fand. Ich zog den Stopfen heraus, wischte mit der Hand über die Öffnung der Pulle und trank einen tiefen Schluck. Erst schmeckte es scheußlich, als es so den Gaumen berührte, aber dann verbreitete sich langsam eine wohlige Wärme in mir; ich trank noch einmal und noch einmal; dann noch einmal, dann duckte ich mich auf den Boden des Loches, warf die Decke über mich und zündete meine Pfeife an. Ich hatte gar keine Angst mehr. Ich stützte den Ellenbogen auf, deckte meine Hände vors Gesicht, so daß eben noch Platz für meine Pfeife war, und döste ein bißchen vor mich hin ...
Ich wurde wach von dem unheimlich klapprigen Geräusch des Nachtfliegers, der hinter seiner scheinbaren Hinfälligkeit Tücke und peinlichste Genauigkeit verbarg. Wir hatten

Grund, ihn zu fürchten. Wo wohl der Heini bleiben mag? dachte ich und wandte mich um. Da erblickte ich etwas Unglaubliches: Hinten, am Rande der Hügelkette, wo die Befehlsstände waren, sah ich einen großen, hellen Fleck in der Nacht, ein offenes Bunkerloch, und in der Mitte des hellen, flimmernden und fließenden Fleckes flackerte eine Kerze. Aufgeregte Stimmen von Leuten, die hin und her rannten, wurden lebendig, die Decke wurde hastig vorgezogen, aber es war zu spät, denn im gleichen Augenblick setzte das Motorengeräusch des Nachtfliegers für eine Zehntelsekunde aus, und dort, wo das Licht gewesen war, brach eine Flamme aus, die gleich von der Nacht erstickt wurde. Es wurde so still, daß man gleichsam spürte, wie sich alles duckte, zitternd an die Erde geschmiegt. Aber der Flieger flog langsam weiter. Vorne am Rand der Hügelkette wurden nun Rufe laut, und man hörte die Geräusche von Grabenden: Hacken fuhren in die steinige Erde, und Balken wurden herausgezerrt...

Endlich kam Heini von rechts wieder zurück; er kletterte mühsam in das Loch und fluchte: »Verdammt, du, ich hab vielleicht einen Durchfall, ich hätte noch stundenlang scheißen können. Gib mir doch mal die Pulle, du...«

Seine Stimme war ganz ruhig, aber als ich ihm die Flasche reichte, im Dunklen wartend, bis seine Hand die meine berührte und ich wissen konnte, daß er nun die Pulle gepackt hatte, da spürte ich, daß er heftig zitterte. Er trank oft und lange, und ich hörte ihn schnaufen, und es schien mir, als sei es noch dunkler geworden und noch stiller...

»Weißt du übrigens«, sagte Heini ein wenig später, »daß der Alte tot ist? Das war seine Bude eben. Volltreffer. Er wird nichts gespürt haben, denke ich, er war ja besoffen . . .«

Siebzehn und vier

Ich zog ein As, setzte freudig auf den Pott, zog dann eine Neun und sagte: »Passe.«
Fips deckte seine Karte auf, es war eine Zehn; dann lächelte er mir zu, denn es waren hundertundzwanzig Pengö im Pott. Langsam nahm er die zweite Karte, es war eine Dame, dann zog er einen König und lächelte wieder. Und als er die vierte Karte aufhob, lachte ich ... aber er hatte sie noch nicht angesehen, da duckten wir uns plötzlich nieder: Es war ein seltsames, ganz sanftes Rauschen in der Luft. Unsere Gesichter waren bleich wie der Tod. Und dann gab's rechts von uns im Wald einen furchtbaren Knall, und gleich drauf hörten wir einen schrecklichen Schrei, dem nichts mehr folgte. Es blieb ganz still. Fips hielt die vierte Karte noch mit der Rückseite nach oben in der Hand und blickte mich an: »Das war Alfred«, sagte er leise, »du mußt mal nach ihm sehen.« Es blieb ganz still, und dann zuckten wir wieder zusammen, denn im Bunker neben uns schrillte das Telefon. Fips sprang über mich hinweg, schmiß die übrigen Karten auf den Pott und riß die Decke beiseite. Ich hörte, wie er sich meldete und wie er dann »Jawoll« sagte, dann noch einmal »Jawoll« und wieder nach einer kleinen Pause ein drittes Mal: »Jawoll ...« Dann kam er raus, immer noch mit der Karte in der Hand. Sein Gesicht war ganz verstört, und völlig gedankenlos steckte er die Karte unter seine Unteroffiziersklappe auf der Schulter.

»Was war los?« fragte ich ruhig …
»Mensch«, schrie er mich an, »willst du nicht mal nach Alfred sehen!« In seinen Augen war eine schreckliche Angst, und ich verzieh ihm, daß er mich anschrie, und hatte keinen Mut, noch einmal zu fragen, wer am Telefon gewesen war.
Er ging mit mir die wenigen Schritte bis zum Waldrand und zeigte mir den Draht, an dem ich entlanggehen mußte, um zu Alfred zu kommen.
Alfred war vor einer halben Stunde losgezogen, um eine Störung zu suchen. Ich warf noch einen Blick zurück in den Graben und sah Fips dort stehen mit dieser ganz fremden und neuen Angst im Gesicht, wie er sich auf die Böschung stützte und in das zerwühlte Vorgelände blickte. Dann nahm ich die Strippe in die Hand und marschierte los in das unbekannte Dickicht. Ich folgte der Spur, die Alfreds Fuß vor mir ins Farnkraut gepflügt hatte; mit einer leisen Angst sah ich, daß der Weg rechts sich immer mehr aus meinen Augen verlor und daß die Leitung mich ins völlig Unbekannte führte. Es war so still im Wald, daß der Schritt meiner Füße mich erschreckte, jenes leise, flatternde Geräusch, wenn ich die Blätter der Kräuter streifte, das Kratzen der Ranken an meinem Rock und das leise schwirrende Wippen der Brombeeräste …
Plötzlich spürte ich, daß die Schnur in meinen Händen sich straffte, ich zog an ihr, aber sie gab nicht nach. Irgendwo an der Erde mußte sie von einem Stein, einem Ast oder etwas Schwerem festgehalten werden. Ich zog heftiger und ent-

deckte nun wenige Schritte von mir, wo sie sich an der Erde klemmte. Unruhig ging ich näher, und dann sah ich ihn dort liegen, Alfreds graue Gestalt, die mir ihr Gesicht zukehrte. Im gleichen Augenblick warf ich mich schnell hin, denn ich sah jetzt erst, daß ich auf einer Lichtung stand, die sich trichterförmig in eine Senkung hin öffnete, langsam kroch ich näher und blickte erst über den Toten hinweg in dieses fremde, flache Tal, das von einer bedrückenden Stille erfüllt war. Unten zwischen den Wiesen verlief ein kleiner Bach, und darüber war ein steiler Hang mit kahlem Kamm. Dann erst betrachtete ich Alfred. Seine starren Augen blickten nach oben, und ich folgte unwillkürlich seinem Blick in das schweigende grüne Dach der Buchenblätter, und in diesem Augenblick begriff ich, warum er lächelte und so still lag. Mit der rechten Hand hatte er noch den Hörer des Prüfapparates umkrallt, und es schien mir, als sei sein Kopf noch im Hören nach rechts geneigt. Ich drückte ihm vorsichtig die Lider zu und löste seine Hände von der Leitung, dann umfaßte ich den Toten und zog ihn langsam kriechend mit mir fort in den Wald ... Es war so still, wie es nur im Krieg sein kann. Jene sanften, zirpenden Geräusche des sommerlichen Waldes umschwirrten mich, vorne irgendwo war das gutmütige Orgeln eines Geschützes zu hören, aber die Stille war stärker. Ich bückte mich und nahm Alfred das Soldbuch aus der Brusttasche, und dabei, als ich mich vorsichtig mit der Linken auf seine Brust stützte, hörte ich ein seltsames Geräusch, fast so, wie wenn man einen Schwamm ausdrückt. Ich zog ihn erschreckt hoch und entdeckte in seinem Rücken ein faustgroßes Loch, dessen Ränder von zerfetzten Tuchstücken umkränzt waren. Sein ganzer Rücken klebte von Blut. Ich ließ ihn wieder sinken, nahm den Stahlhelm von seinem Kopf und betrachtete schweigend diese Kinderstirn und diesen Kindermund, der vor einer halben Stunde noch leise lachend auf Pott gesetzt hatte. Ohne es zu wollen und zu wissen, rief ich heftig und ängstlich: »Alfred, Alfred!« und es schien mir, als müsse er sich rühren, aber mitten in meine Versunkenheit drang wieder jenes drohende, grausam sanfte Geräusch, wie wenn Watte glimmend verbrennt ... ich warf mich neben Alfred und hörte nun den Knall links von mir, genau dort, wo Fips zurückgeblieben sein mußte. Und dann war wieder Stille. Ich riß den Prüfapparat von Alfreds Schulter, schloß ihn an die Leitung und wählte. »Kirschkern, Vermittlung«, meldete eine gleichgültige Stimme ...

»Bitte Kirschkern drei«, sagte ich, und er wiederholte: »Kirschkern drei.« Und dann hörte ich, wie er stöpselte und kurbelte, es kam jene amtliche Stille, in der nur ein leises Klacken hörbar war; und wieder hörte ich ihn kurbeln, und dann sagte die Stimme: »Kirschkern drei meldet sich nicht ...«

»Ist die Leitung defekt?« frage ich unruhig ...

»Nein, die Verbindung ist da, es scheint niemand dort zu sein.«

Hastig steckte ich Alfreds Soldbuch ein, riß den Apparat wieder los und lief, meiner Spur folgend, zurück, und als ich in den Graben zurücksprang, lauschte ich erst eine Weile, aber es war nichts zu hören, und ich lief gebückt vor, bis ich auch Fips dort liegen sah ...

Es war nicht mehr viel von ihm zu erkennen, sein Oberkörper war zerfetzt, und Blut und Knochensplitter hatten das Gesicht überschwemmt, nur seine Schultern waren unverletzt, und unter der linken Unteroffiziersklappe steckte noch die Karte; ich zog sie heraus: es war ein König ...

»Einundzwanzig«, sagte ich leise, »du hast gewonnen.« Dann ging ich die wenigen Schritte zurück, wo unser Pott lag, nahm die Geldscheine, zerriß sie in kleine Fetzen und streute die bunten Fetzen über ihn wie kleine Blumen.

In diesem Augenblick klingelte das Telefon, ich stieg über Fipsens Leiche hinweg in den Bunker, nahm den Hörer ab und meldete mich; aber es war nichts zu hören als jenes amtliche Schweigen und einem dumpfen Drang folgend, sagte ich: »Jawoll«, und ich begriff nun die Angst, die in Fipsens Augen gewesen war; noch immer meldete sich niemand, und ich sagte noch einmal laut und höhnisch: »Jawoll«; und folgend dem Gesetz der Dreizahl, sagte ich noch einmal, jetzt brav und schüchtern: »Jawoll«; dann hängte ich ein, und auch ich ging hinaus, stützte mich auf die Böschung und wartete auf ihn ...

Todesursache: Hakennase

Als der Leutnant Hegemüller in sein Quartier zurückkehrte, zitterte sein schmales Gesicht von einer bleichen Nervosität; die Augen waren fast erloschen, das längliche, weißlich blond umrahmte Antlitz war wie eine bebende Scheibe. Den ganzen Tag hatte er in seiner Funkbude gesessen, Meldungen angenommen und weitergegeben, immer begleitet vom gräßlichen Geschnatter der Maschinenpistolen, die draußen, am Rande der Stadt, ihre Geschosse in den fahlen Tag gurgelten; immer wieder dieses wie ein Lachen aufkreischende Schreien einer neuen Garbe, und wissen müssen, daß jede einzelne Perle aus dieser rasselnden Kette ein vernichtetes oder angeschlagenes Menschenleben bedeutet, einen Körper, der sich im Staube wälzend einen Abhang hinunterkollerte! Und jede halbe Stunde, mit einer teuflischen Regelmäßigkeit, eine dumpf grollende Explosion, und wissen müssen, daß dieses Geräusch wie ein abziehendes Gewitter die Totengräberarbeit ersetzte, Totengräberarbeit im Dienste der Hygiene, wissen müssen, daß ein Teil des Steinbruches nun über die Ernte der letzten halben Stunde hinunterstürzte und die Lebenden und Toten begrub …

Zum tausendsten Male wischte der Leutnant sein bleiches, von Schweiß überströmtes Gesicht, trat die Tür zu seiner Behausung mit einem Fluch auf, stolperte in sein Zimmer und setzte sich stöhnend in seinen Stuhl. Weiter, weiter, immer

weiter raste die geifernde Maschinerie des Todes, fast schien es ihm, als sei dieses zerrende und knatternde Geräusch das Kreischen einer ungeheuren Säge, die den Himmel entzweischnitt, bis er einstürzen würde, wenn das Werk des Tages vollendet war. Oft schien es ihm, als müsse die Spur dieser Zerstörung schon sichtbar sein, und er hatte für einen Augenblick das zuckende Gesicht aus dem Fenster gehalten, um zu sehen, wirklich um zu sehen, ob das riesige graue Gewölbe des Himmels nicht schon schief hing, wie der Bug eines Schiffes, das kurz vor dem Untergang steht: ach, er glaubte, das Gurgeln der lauernden schwarzen Wasser schon zu hören, die das Wrack der Welt umspülen und mit grausiger Ruhe zernagen würden.
Bebend an allen Gliedern rauchte er mit zitternden Fingern, wissend, daß er etwas tun mußte gegen diesen Irrsinn. Denn er fühlte, daß er nicht unschuldig war. Er wußte sich hineingedrängt in ein steinernes Herz der Schuld, das diesem ewig, ewig mahlenden Greuel innewohnen mußte. Nicht der Schmerz, den er litt, nicht das namenlose Grauen und die tödliche Angst konnten ihn von dem Bewußtsein befreien, daß er es war, der schoß, und er es war, der erschossen wurde. Nie noch hatte er so sehr die große kosmische Heimat gespürt, die alle Menschen umschloß, die Wirklichkeit Gottes.
Immer weiter ging dieses beißende, bohrende, geifernde, rasende Sägen der Maschinenpistolen. Dann kamen einige Minuten einer gräßlichen Stille, in der die Vögel in ihren Schlupfwinkeln erzittern mußten, und dann eine Detona-

tion; eine Ladung Sprengstoff, eingebohrt in die Wand der Schlucht, ersetzte die ungeheure Arbeit des Totengräbers, und wieder Schüsse, Schüsse, aneinandergereiht wie eine endlose Kette, und jeder dieser Schüsse traf den Leutnant Hegemüller mitten ins Herz.

Plötzlich aber hörte er ein anderes Geräusch, ein leises Geräusch, das Schluchzen einer Frau. Er lauschte gespannt, stand nervös auf, trat in den Flur, lauschte wieder eine Sekunde, riß dann die Tür zur Küche auf und blieb betroffen stehen: die Russin lag auf den Knien, die Fäuste vor die Ohren gepreßt, und weinte, weinte, daß die Tränen von ihrer Bluse auf die Erde tropften.

Einen Augenblick lang hielt den Leutnant eine seltsam kalte Neugier gefangen: Tränen, dachte er, Tränen, niemals im Leben hätte ich gedacht, daß ein Mensch soviele Tränen haben könnte. Der Schmerz tropfte in großen, klaren Perlen aus der ältlichen Frau heraus und sammelte sich zu einer richtigen Lache zwischen ihren Knien auf dem Boden.

Noch ehe er fragen konnte, sprang die Frau auf und schrie: »Sie haben ihn geholt, auch ihn, Piotr Stepanowitsch ... Herr! Herr!« »Aber er ist doch ...«, schrie der Leutnant ihr entgegen. »Nein, Herr, kein Jude, nein. Herr! Herr!«

Die Tränen quollen zwischen ihren Fingern hervor, die sie vors Gesicht hielt, gleichsam als müsse sie eine blutende Wunde zuhalten ...

Als werde er von einer überwältigenden, inneren Kraft gezwungen, machte der Leutnant kehrt, rief der Frau im Fortlaufen etwas zu und raste auf die Straße.

Das Städtchen war völlig ausgestorben. Eine seltsame Spannung lag in der Luft; nicht nur die Angst derer, die in ihren Verstecken hockten, nicht nur die Peitsche des Todes schwebte über der Stadt. In dieser Schweigsamkeit, die die Straßen füllte wie ein fader grauer Staub, lag etwas Höhnisches, so als grinse ein Teufel dem anderen zu.
Der Leutnant raste, während ihm der Schweiß aus allen Poren troff, dieser grauenhafte Schweiß, der nicht erlösend, der wie Totenschweiß war; er war gleichsam vergiftet von der bestialischen Atmosphäre, die mit der geifernden Wollust der Mörder vollgesogen war. Eine merkwürdige heiße Kälte strömte von den toten Fassaden der Häuser auf ihn ein. Und doch erfüllte ihn etwas wie Freude, nein, es war wirklich Freude, herrlich war es, um das Leben eines Menschen zu laufen. In diesen zehn Minuten, die er in rasendem Tempo halb besinnungslos durch die Straßen der Stadt eilte, begriff er vieles halb bewußt, tausend Dinge gingen ihm auf, aus diesem nebelvollen Dunst, den er Weltanschauung genannt hatte, stiegen wie Sterne auf, leuchteten strahlend in ihn hinein und erloschen wie Kometen, aber ihr Glanz blieb in ihm und sammelte sich wie eine Quelle matten Lichtes.
Keuchend, staubbedeckt erreichte er den Rand der Stadt, wo die Todgeweihten am Rand der Steppe zusammengetrieben worden waren wie eine Herde. Um das Karree waren Wagen mit MGs aufgefahren, auf denen die Posten rauchend hinter den schlanken Läufen lümmelten.
Hegemüller beachtete zuerst den Posten nicht, der ihn auf

der Straße anhielt; er ließ es geschehen, daß dieser ihn am Ärmel festhielt, und starrte sekundenlang in sein Gesicht. Er war erstaunt, wie nah und deutlich ihm dieses Gesicht war. Ja, es war ihm, als seien die Gesichter der Absperrposten alle gleich stumpf und tierisch, die der Eingesperrten aber auf eine köstliche Weise hinausgehoben aus der Masse und hinaufgestellt in die Höhe der menschlichen Persönlichkeit. Ein dunkles Schweigen lag über der Menge, etwas merkwürdig Schwingendes, fast Flatterndes darin wie vom Wehen schwerer Fahnen, etwas Feierliches, und – Hegemüller fühlte es mit stockendem Herzen – etwas auf eine unheimliche Weise Tröstliches, Freudiges, und er fühlte, wie diese Freude gleichsam auf ihn einströmte, und in diesem Augenblick beneidete er die Todgeweihten und wurde sich mit Schrecken bewußt, daß er die gleiche Uniform trug wie die Mörder. Mit schamrotem Gesicht wandte er sich nun dem Posten zu und stammelte heiser: »Mein Quartierwirt ist hier. Kein Jude ...«, und da der Posten stumpfsinnig schwieg, fügte er hinzu: »Grimschenko, Piotr ...«
Ein Offizier trat auf die Gruppe zu, musterte erstaunt den staub- und schweißbedeckten Leutnant, der ohne Koppel und ohne Mütze war, und nun erkannte Hegemüller, daß die Henkersknechte alle betrunken waren. In ihren Augen war die stierige Röte des schnapserfüllten Blutes, und ihr Atem war wie Mistdampf. Erneut stammelte Hegemüller den Namen seines Wirtes, und der Leutnant der Henkersknechte kratzte sich mit einer grauenhaften Gutmütigkeit am Kopf und fragte verlegen: »Unschuldig also?«

»Auch unschuldig«, sagte Hegemüller kurz. Der Leutnant stutzte einen Augenblick, als dieses kleine Wort in den Tümpel seines Herzens fiel. Aber spurlos, ohne Ringe zu werfen, war das Wort versunken, als er nun vor die Todgeweihten hintrat und mit lauter Stimme rief: »Grimschenko, Piotr, vortreten!« und da sich nichts rührte, nur dieses seltsam wehende Schweigen andauerte, rief er noch einmal den Namen und fügte hinzu: »Kann nach Hause gehen!« Und da wiederum keine Antwort erfolgte, trat er zurück und sagte verlegen: »Weg, vielleicht schon erledigt, vielleicht auch noch dort, kommen Sie!« Hegemüller blickte dem weisenden Finger nach auf die Richtstätte.

Er sah den Rand eines riesigen Steinbruches, der sich auf den Sammelplatz zu senkte, und dort war die Postenkette mit Maschinenpistolen dicht aufgestellt. Vom Sammelplatz aus führte eine Schlange der Todgeweihten bis an den höchsten, eben verlaufenden Rand des Steinbruches, von woher das stetige, gleichmäßig peitschende Knallen der Maschinenpistolen in den Nachmittag klang.

Und wieder, während er dem betrunkenen Leutnant der Henkersknechte folgte, schien es Hegemüller, als sei die Masse, die todgeweihte Masse, aufgelöst in eine Reihe erhabener Persönlichkeiten, während die wenigen Mörder wie Klötze des Stumpfsinns wirkten. Jedes dieser Gesichter, das er, unruhig nach Grimschenko suchend, betrachtete, schien ihm ruhiger, von einem unaussprechlich menschlichen Gewicht. Die Frauen mit Kindern auf den Armen, Greise und Kinder, Männer, mit Kot beschmierte Mädchen, die man

offenbar aus Kloaken zusammengesucht hatte, um sie zu ermorden; reiche und arme, zerlumpte und elegante, ihnen allen war eine Hoheit verliehen, die Hegemüller die Sprache nahm. Der Leutnant warf ihm gesprächsweise seltsam entschuldigende Brocken zu, nicht zur Entschuldigung des Mordes, sondern um die unvorschriftsmäßige Trunkenheit zu bemänteln: »Schwerer Dienst das, Herr Kamerad. Ohne Schnaps nicht zu ertragen ... Müssen verstehen ...«
Aber in Hegemüller, in dem das Grauen eine seltsam starre Nüchternheit erweckte, bohrte immer nur die eine Frage: »Wie machen sie es bloß mit den Säuglingen, diesen ganz kleinen, die weder stehen noch laufen können; wie ist das technisch möglich?« Währenddessen ließ er kein Auge von den schlangestehenden Todgeweihten, ließ den Blick nicht hinaufgehen an den oberen Rand der Schlucht, wo der fahle Nachmittag von dem flappenden Geifern der Maschinenpistolen durchlöchert wurde. Aber als er die obere Ebene erreicht hatte und, gleichsam gezwungen durch die aufhörende Steigung, den Blick hob, sah er die Antwort auf diese stetig in ihm bohrende Frage. Er sah einen schwarzen Stiefel, der die blutbefleckte Leiche eines Säuglings in den Abgrund stieß, und da sein Blick gleichsam vor Schrecken ausglitt, am Rande der Schlucht entlang, sah er plötzlich am Ende der Kette Grimschenko, der oben unter einem Schuß zusammensackte, und mit einem wilden, schrecklichen Schrei rief er: »Halt, Halt!!« so laut, daß die Henker erschreckt innehielten, packte den Leutnant beim Arm und zerrte ihn dorthin, wo Grimschenko blutüberströmt halb

über dem Rande der Schlucht hing. Er war nicht nach vorne in die Schlucht gekippt, sondern, mit dem Rücken zu seinem Mörder, nach hinten zusammengebrochen. Hegemüller packte ihn, hob ihn auf, und im gleichen Augenblick schrie irgendwo eine dienstliche Stimme: »Alles zurücktreten, Sprengung!« Hegemüller sah nicht mehr, wie die Mörder mit einer unheimlichen Angst fünfzig Schritte zurückliefen, er sah nicht das erstaunte, verwirrte Gesicht des Leutnants der betrunkenen Henkersknechte. Hegemüller hatte Grimschenko um den Leib gefaßt, ihn mühsam auf die Achsel gehoben, und er spürte, wie das strömende Blut sich zwischen seinen Fingern sammelte, steif wurde und klebrig. Hinter ihm brach die Detonation wie eine Wolke dunklen Geräuschs in den Himmel, kaum einen Schritt hinter Hegemüller löste sich der Rand der Schlucht, und die Erde begrub die Toten und Halbtoten, die Säuglinge und die Greise, die vierundneunzig Jahre die Last des Lebens getragen hatten ...

Keinen Augenblick wunderte sich Hegemüller, daß die Kette der Mörder, die mit rauchenden Läufen und stieren Blickes auf die nächste Serie warteten, sich widerstandslos vor ihm öffnete. Er fühlte die Kraft in sich, mit einem einzigen Blick und einem Wort alle in die Knie zu zwingen, diese Menschenmetzger in funkelnagelneuen Uniformen, denn er hatte inmitten des roten Nebels von Verwirrung, Angst und Lärm, Gestank und Not etwas Beglückendes gespürt: den leisen Atem Grimschenkos, der seine Schulter streifte wie eine Liebkosung aus einer anderen Welt, dieser

kleine, winzige Atem des Schwergetroffenen, dessen Blut seine Finger zugekleistert hatte.
Ungehindert durchschritt er die Kette der Mörder und hörte hinter sich die neu aufflammenden Schüsse. Er fand ein wartendes Auto und schrie den halb schlummernden Fahrer an: »Los, ins nächste Lazarett!« während er schon die Tür des Wagens aufriß, Grimschenko von der Schulter gleiten ließ und ihn in die Polster bettete.
Plötzlich glaubte er zu träumen: er lief und lief, lief mit einer Reihe von anderen einen hetzenden, rasenden, grausam schnellen Wettlauf zu einem See, in dessen Fluten sie sich kühlen wollten. Die Hitze brannte über ihnen, in ihnen und um sie herum. Die ganze Welt war nur unbarmherzige Glut, und sie liefen, liefen, während der Schweiß aus ihren Poren rann wie Bäche von saurem Blut. Es war eine unheimliche Qual: dieser Lauf über eine staubige Straße zu diesem See, den sie hinter einer Straßenbiegung wußten, und doch war es ein Genuß, dieses Schwitzen, es war ein Schwimmen in Qual, eine scheußliche und doch auf eine geheimnisvolle Weise genußvolle Qual, während der Schweiß lief, lief, lief. Und dann kam jene Straßenbiegung, hinter der der See liegen mußte, er raste mit einem wilden Schrei durch die Kurve, sah die silbern blitzende Oberfläche des Wassers, stürzte sich mit einem Jauchzen hinein, kniete nieder und tauchte sein Gesicht jubelnd in das Wasser, und während er sich wunderte, wie wunderbar kühl das Wasser trotz der sengenden Glut war, erwachte er und schlug die Augen auf.

Er sah das gleichgültige Gesicht eines Sanitätssoldaten, eine leere Kanne in dessen Hand und begriff im gleichen Augenblick, daß er ohnmächtig gewesen und mit einem Guß kalten Wassers wieder erweckt worden war. Er roch irgendein Desinfektionsmittel, hörte eine Schreibmaschine klappern. »Grisch, Grimschenko?« flüsterte er fragend, aber der Soldat antwortete ihm nicht, sondern wandte sich um: »Also Grimschenko heißt der Russe, nun können Sie den Kopf der Krankengeschichte ausfüllen, Schwester.«
Der Soldat trat beiseite, und Hegemüller fühlte nun die geschäftsmäßige Kühle einer Arzthand auf seiner Stirn und hörte eine biedere Stimme sagen: »Ein bißchen übernommen, was?« Dann glitt die Hand den Ärmel hinab zu seinem Puls, und während Hegemüller seinen eigenen Puls unregelmäßig gegen die sanften Finger des Arztes klopfen fühlte, sprach wieder die biedere Stimme: »Gut, Schwester, haben Sie? Und dann also schreiben Sie: Todesursache – na, Hakennase«, und dann lachte die biedere Stimme, während die Hände, die zu der biederen Stimme gehörten, immer noch fast liebevoll Hegemüllers Puls fühlten. Hegemüller aber richtete sich auf, umfing den weißen Raum mit einem seltsam fremden Blick, und dann lachte auch er, und sein Lachen war ebenso seltsam wie sein Blick; und seine Augäpfel verdrehten sich, während er immer lauter lachte; sie trübten sich und schienen immer weiter nach innen gedreht zu werden, wie die Blenden eines Scheinwerfers, und sie nahmen die ganze Welt mit nach innen hinein, und es blieb nichts als matte Ausdruckslosigkeit

in ihnen stehen, und Hegemüller lachte, und die einzigen Worte, die er fortan sprach, waren: »Todesursache: Hakennase.«

Vive la France!

Der Posten tastete sich in der dunklen Stube zur Tür, öffnete sie und trat in den Flur; eine halbe Sekunde zögerte er zwischen Tür und Angel; es fiel ihm schwer, sich aus der Wärme der Stube zu lösen und endgültig hinauszutreten in die kalte Nacht. Er zog die Tür langsam hinter sich zu und ließ sich in die Dunkelheit des Flures gleiten. Er sah nichts, er spürte nur, daß das Tor offenstand, und im Unterbewußtsein empfand er es als erstaunlich, daß die Kälte, die ihn im Flur empfangen hatte, offenbar draußen noch gesteigert war, feucht, eisig, unbarmherzig zog es durch das offene Loch auf ihn zu. Dann, in der Tür stehend, ganz eingehüllt von dieser nassen Kälte, unterschied er nun, mehr aus der Erinnerung, die verschwimmenden Umrisse der Bäume im Park, den Einschnitt der Allee, rechts die verfallene Fabrik, deren Mauer unheimlich schwarz wie eine Scheidewand zwischen zwei Unterwelten wirkte ...

Eine müde, fast verzweifelte Stimme rief: »Bist du's?«

»Ja«, antwortete er und staunte, daß er die Kraft fand, diese eine Silbe auszustoßen. Eine tödliche Müdigkeit floß wie Blei durch seine Glieder, sie zog ihn gleichsam nach unten, die Lider sackten zu, und an die Tür gelehnt fiel er in einen Schlaf, der vielleicht eine Sekunde währte; eine wollüstige schwere Trunkenheit; schlafen, ach, schlafen.

Der abgelöste Posten stieß gegen ihn; mit einem schmerzhaft reißenden Gefühl wurde er wieder wach.

»Mach's gut«, sagte die Stimme, und es klang etwas wie Mitleid darin.
Er brachte nicht einmal die Kraft auf, nach einer Zigarette zu fragen, den Mund überhaupt zu öffnen; er war gelähmt von dieser hoffnungslosen Müdigkeit, die ihn erdrosselte, dieser tödlichen Müdigkeit. Die Augen brannten wie Feuer in den Höhlen, vom leeren Magen her stieg ein säuerlicher, ekelhafter Saft langsam höher; die Glieder waren wie Klumpen, ohne Gefühl, abgestorben und bleiern. Ohne es zu wissen, stieß er dumpfe, fast tierische Laute aus und sank auf den steinernen Fliesen in sich zusammen. Aber er konnte nicht schlafen; nicht die Kälte hinderte ihn – er hatte schon unter schwierigeren Umständen und bei größerer Kälte geschlafen –, nein, er war von Müdigkeit überreizt. So hockte er, eingehüllt von Kälte und Nacht, auf der obersten Stufe der Freitreppe, ein Bündel Elend, vor sich zwei Stunden: einen Berg qualvoller Unendlichkeit.
Plötzlich hörte er, daß das Fest im oberen Stockwerk des Châteaus noch nicht zu Ende war: Lachen, gedämpftes Gemurmel drang teils durch den Flur, teils aus dem Fenster durch die dicken Vorhänge hindurch. Und nun wurde in ihm etwas wach, erst klein, aber doch schon stark, eine wilde, winzige, innere Kälte, eine kristallene geistige Kälte, die emporstieg wie ein aufquellender Brunnen, der sofort erfror und dennoch wuchs; eine sich immer mehr in kleinen Stößen aufstapelnde Eissäule, an der er sich emporklammerte: *Der Haß*. In Gedanken richtete er sich auf, lehnte sich an die Mauer und rauchte. Die Müdigkeit blieb,

dieses ekelhafte Gefühl eines säuerlichen Unbehagens blieb; aber der Haß war nun in ihm aufgerichtet wie eine Säule, die ihn hielt.

Gleich über ihm öffnete sich plötzlich die Tür zu dem kleinen Balkon. Ein Schwall von Licht fiel in den Garten, erhellte ihn gespenstisch, dann erkannte er die eitle Stimme des Hauptmanns, und im gleichen Augenblick pinkelte jemand vom Balkon herab auf die Freitreppe. Er sprang erschreckt zurück.

Dann war es, als werde das Licht aus dem Garten wieder herausgesogen, fast eingeschlürft, während die Schatten der beiden Türflügel sich verengten, und kurz bevor der letzte Rest des Lichtes gleichsam eingeschlossen wurde, hörte er die eitle Stimme sagen: »Machen wir Feierabend, meine Herren, es ist zwei ...«

Der Geruch der Lache auf der Treppe trieb ihn in den Garten. Mit schweren Beinen, die Hände auf dem Rücken geschlossen, schlenderte er bis an die Hausecke.

Dann schrie die Stimme des betrunkenen Leutnants laut und gellend im Hausflur: »Vive la France!« und brach über den eigenen Witz in schallendes Gelächter aus. In der fahlen Helligkeit der Nacht sah der Posten, wie der Leutnant die Freitreppe hinabtaumelte. Er blieb ruhig stehen, während die Gestalt mit der krampfhaften Sicherheit des Trunkenen durch den Garten parallel zum Hause taumelte, dann die Kurve zu scharf nahm und auf die Ecke zuschoß.

»Hallo«, rief die vibrierende Stimme des Leutnants, »was machen Sie da?«

Die Stummheit des Postens lag wie eine geheime Drohung in der Luft, er belauerte die schwankende Gestalt, deren verderbtes Kindergesicht mit dem schwülen Atem sich ihm ganz nah zuneigte, wie ein Jäger, ruhig an die Wand gelehnt.
»Hören Sie nicht, können Sie nicht wenigstens anrufen?«
»Jawohl«, sagte der Posten fest.
»Und ich sage Ihnen, jeden niederknallen, der die Parole nicht weiß, jeden, rücksichtslos.«
Und als habe er sich verbissen in diesen Gedanken, wiederholte er eigensinnig: »Niederknallen, niederknallen!« Er wartete die Antwort des Postens nicht ab und torkelte auf das Tor zu, in die Allee hinein, und kurz bevor er nach links in die stille Dorfstraße abschwenkte, rief er noch einmal laut: »Vive la France!« Sein wildes Gelächter prallte von den Wänden der Häuser in den Park.
Der Posten ging mit kurzen, schnellen Schritten bis an das Gartentor und blickte in die Dorfstraße; schwarz und stumm lagen die Häuser, und über dem Rand ihrer Dächer milderte sich die Dunkelheit zu einer wäßrigen Tinte. Er hörte die Schritte des Leutnants, der manchmal einen Stein vom Geröll der Straße anstieß, verfolgte ihn in Gedanken, als er um die Ecke nach rechts auf den Kirchplatz bog, und vernahm das dumpfe Pochen gegen eine Tür. Der Posten nickte wie sich selbst zur Bestätigung, als die heisere, kindische Stimme des Leutnants nun in vorwurfsvollem Ton rief: »Yvette! Yvette!«
Der Kirchplatz führte, sich nach rechts von der Ecke aus verbreiternd, in stumpfem Winkel von der Hauptstraße ab,

so daß der Leutnant sich mit den letzten dreißig Schritten dem Posten wieder genähert hatte und halb zu ihm gewandt stand. Seine Stimme kam nun über die niedrigen, dunklen Häuser auf den Posten zu. Es lag etwas Gespenstisches darin, wie sie gleichsam über die einstöckigen Häuser schwebte, immer wieder die gleichen Worte ausstoßend, erst vorwurfsvoll: »Yvette, Yvette!« und dann ungeduldig und kläglicher, kindischer: »Mach auf!« und wieder vorwurfsvoll: »Yvette, verdammt!« Dann folgte eine seltsame Stille, und der Posten, der mit atemloser Wachsamkeit lauschte, hatte die deutliche Vorstellung, daß sich die Tür nun lautlos geöffnet hatte und weiße Arme den Leutnant hineinzogen. Aber aus der lähmenden Stille heraus schrie der Leutnant plötzlich laut und gellend: »Yvette, du Biest!« Dann schien die Tür wirklich aufzugehen, murmelndes Lachen erklang, und der Posten, der mit schmerzlich verzogenem Gesicht und geschlossenen Augen in der kalten Nacht stand, sah es ganz deutlich: das beschwichtigende Lächeln auf dem weißen Gesicht des Mädchens.
Obwohl er weder Yvette noch den Leutnant liebte, ergriff ihn, während er frierend am Pfeiler des Tores stand, eine schmerzliche Eifersucht, ein wildes Gefühl völliger Verlorenheit, es überdunkelte sogar den Haß.
Über das wachsame, gespannte Lauschen war die Müdigkeit fast ganz verflogen, und er schritt nach rechts die Dorfstraße hinunter. Da er immer nur wenige Schritt weit sehen konnte, schien die Nacht vor ihm zurückzuweichen; mit jedem Schritt schien er der dunklen, schwarzen Wand

näher zu kommen, die seinen Blick aufhielt; er empfand es wie ein grausames Spiel, daß sich dennoch der Abstand nie verringerte. Und durch dieses Spiel wurde das Dorf, dieses arme, elende Kaff mit dreiundzwanzig Häusern, einer Fabrik und zwei schmutzigen Châteaus, grenzenlos, und es dünkte ihn unendlich lange, ehe er vor dem eisernen Gitter stand, das den Schulhof umsäumte. Aus der Küche drang der Geruch fader, abgestandener Suppe bis auf die Straße. Er beugte sich über die niedrige Mauer, auf der das Gitter befestigt war, und rief leise und doch deutlich: »Hallo, Willi!«

Er hörte Schritte aus der Richtung der Küche, dann trat eine dunkle Gestalt in seinen Gesichtskreis. »Hier«, rief der Posten, »hier bin ich.« Willi näherte sich mit verschlafenem Gesicht dem Gitter, ging daran entlang und trat durchs Tor auf die Straße.

»Wie spät ist es?«

Willi krempelte umständlich die Feldbluse hoch, fingerte nach der Uhr, zog sie heraus und hielt sie nahe vors Gesicht: »Zehn nach zwei!«

»Das ist nicht möglich, sieh nach, ob sie noch geht, nein, nein, das ist nicht wahr!«

Die Stimme bebte gefährlich; der Posten lauerte mit einer atemlosen Spannung, als Willi nun die Uhr ans Ohr hielt, sie schüttelte und dann wieder aufs Zifferblatt blickte.

»Sie geht, ich wußte es ja, meine Uhr ist noch nie stehengeblieben.«

Seine Stimme war ganz gleichgültig. Der Posten stand

stumm da; sein Gesicht war zusammengekniffen und verschlossen, hart und gequält.
»Sei doch still«, sagte Willi, obwohl der Posten nichts gesagt hatte, »sei nicht immer so kindisch; zwei Stunden sind zwei Stunden, du änderst nichts daran.«
Der Posten stand wie eine Salzsäule. Zehn Minuten! dachte er nur immer wieder, und dieser einzige Gedanke klopfte in seinem Gehirn. Zehn Minuten, zwölfmal zehn Minuten, hundertundzwanzigmal eine Minute!
»Sieh mal«, fuhr Willi mit seiner zufriedenen Stimme fort, »ich denk immer an zu Hause, dann vergeht mir die Zeit; einmal wird der Krieg zu Ende sein; dann gehen wir zurück, ziehen unseren Rock aus, küssen unsere Frau und gehen an die Arbeit; wir haben unsere Pflicht getan, verstehst du, und wir ...«
»Sei still!!!«
Die beiden blickten einander feindselig an, ohne voneinander etwas anderes zu sehen als eine helle, verschwommene Scheibe unter dem schwarzen Schatten des Stahlhelms; und doch sahen sie ihre Gesichter ganz deutlich; sie bildeten sich ihnen aus dem Klang der Stimmen und aus der Spannung, die in der Luft lag. Willi sah ein schmales, dunkles, bitteres Gesicht mit glanzlosen Augen, von Trauer umschattet: das Gesicht des Postens; der aber sah dieses gutmütige, etwas verschmitzte biedere Gesicht, ein wenig betroffen und doch lauernd: Willis Gesicht.
»Gib mir eine Zigarette«, sagte der Posten heiser.
»Oh, du, ich bekomme schon drei von dir. Weißt du, ma-

chen wir doch die Sache mit der Uhr. Mein Gott, eine kaputte Uhr, was willst du damit! Ich geb dir fünfundzwanzig dafür; zehn jetzt, macht dreizehn, und den Rest übermorgen von der Marketenderware; du weißt doch, daß ...«

»Sei still, gib sie her!«

Willi stutzte einen Augenblick, dann griff er in die Tasche und zog eine Schachtel Zigaretten hervor ...

»Hier ... aber wo ...«

Der Posten riß ihm die Schachtel aus der Hand, öffnete sie und strich im gleichen Augenblick ein Zündholz an. Die beiden Gesichter waren jäh und grell beleuchtet und waren nun einander erschreckend ähnlich: bleich, unsagbar müde, mit hängenden, schlaffen Mündern.

»Bist du wahnsinnig, Mensch, ich komm doch mit in Verdacht«, schrie Willi auf, »und dann ...«

»Sei still«, die Stimme des Postens klang nun versöhnlicher, »sie sollen mich am ...«

Dann wandte er sich plötzlich ab, drehte sich aber noch einmal um und fragte: »Wie spät ist es jetzt?«

Willi krempelte wieder sorgfältig die Feldbluse hoch, fischte nach der Uhr in der kleinen Tasche oben am Hosenbund, hielt sie nahe vor die Augen: »Achtzehn nach ... denk an die Uhr!«

Der Posten schlenderte die Straße hinab bis zum zweiten Haus und lehnte sich gegen die Tür zu Madame Sevrys Café; er rauchte tief in genußvollen Zügen, und ein Gefühl unheimlichen Glücks beseligte ihn; das Gift verbreitete einen angenehmen, sanften Schwindel. Er schloß die Au-

gen. Zehn Zigaretten, dachte er. Ja, er glaubte zu spüren, wie ihm die Zeit nun zwischen den Fingern zerrann; der schwere, schwarze, wesenlose, unbarmherzige Block war aufgelöst und zerfloß; es war, als sei eine Schleuse geöffnet und der Strom trage ihn mit sich weg.
Die Straße führte nach rechts und links in den Abgrund der Dunkelheit; die Stille war nun gelöst, auch sie floß. Achtzehn ewige Minuten lang war die Stille gleichsam wie ein Hemmschuh vor der Zeit gewesen. Nun war die Stille parallel zur Zeit, so nahe und eng neben ihr, daß beide eins schienen.
Da er wußte, wo rechts das Château lag und links die Schule, glaubte er, sie zu sehen. Aber die Allee, die von der Straße zum Château führte, sah er gewiß. Sie war wie eine hohe, durchbrochene Wand, dunkler als die Nacht und gesprenkelt mit der matten Helligkeit des Himmels.
Als er den Zigarettenrest sorgfältig in die Tasche steckte, wußte er, daß höchstens sieben Minuten vergangen waren. Es mußte also fünfundzwanzig nach zwei sein. Er beschloß, einen Gang durch die Fabrik zu machen, das waren zwölf Minuten, dann eine Zigarette zu rauchen. Wenn er dann langsam zu Madame Sevrys Tür zurückkehrte, noch eine Zigarette rauchte und zur Schule ging, mußte es drei Uhr sein.
Er löste sich aus der Tür und ging die leicht abschüssige Straße bis zum Eingang des Châteaus hinab, dann langsam weiter, fast bis an die Ecke zum Kirchplatz, siebenundsechzig Schritte, und bog in das verlassene Pförtnerhaus nach

links. Vom Torweg aus warf er einen Blick in das Häuschen, aus dem sämtliches Holzwerk herausgestohlen war. Als er schnell weiterging, spürte er plötzlich, daß er Angst hatte. Ja, obwohl es ganz und gar sinnlos war, er hatte Angst. Wer würde in dieser völlig ausgeplünderten Fabrik nachts um halb drei etwas suchen? Aber er hatte Angst. Seine Schritte tönten hohl auf dem Betonboden, und durch das beschädigte Dach sah er Fetzen eines blauschwarzen Himmels. Es schien ihm, als sauge sich der schwarze kahle Raum durch das löcherige Dach voll mit den Drohungen der Stummheit. Die Fabrik war derart ausgeschlachtet, daß man nicht mehr entdecken konnte, wozu sie gedient hatte; eine große kahle Halle, in der noch die Betonsockel der Maschinen wie bockige Klötze festgefroren schienen, scheinbar sinnlose Eisengerüste, Schmutz, Papierfetzen; unheimlich kalt und trostlos! Der Posten ging starr vor Angst langsam bis an das Ende der großen Halle, wo ein offenes Tor ins Freie führte. In der finsteren Schwärze der Stirnwand war die Toröffnung wie ein rechteckiges dunkelgraublaues Tuch ausgehängt; er strebte genau darauf zu, leise auftretend, denn das Geräusch seiner Tritte erschreckte ihn. Dann stolperte er über den Schienenstrang, der durchs Tor nach draußen führte, fing sich taumelnd an der Mauer und stand dann pochenden Herzens in der Öffnung. Obwohl er auch hier kaum zwanzig Schritt weit sehen konnte, glaubte er doch, das weite freie Feld wirklich vor Augen zu haben, denn er wußte es dort und roch es: die herbe Zärtlichkeit der Frühlingsnächte über den Wiesen und Äckern.

Plötzlich machte die Angst einen Sprung und setzte sich ihm mitten ins Herz. Er wandte sich zitternd um und ging Schritt für Schritt hinein in die stumme Drohung, und je weiter er ging, um so mehr spürte er, daß sie leer und hohl war, die Angst, und ihm wurde fast heiter ums Herz. Ja, er lächelte ein wenig, als er durch die kleine Pforte in der schwarzen Mauer nun in den Schloßgarten trat.
Es war wie ein Traum! Lang, lang wie ein ganzes Menschenleben schien ihm dieser Rundgang, als er nun die Freitreppe wieder hinaufstieg, über die Lache des Hauptmanns hinweg, und sich in die Tür stellte. Es war ein seltsames Gefühl: spukhaft schnell und irrsinnig träge zugleich schien die Zeit vergangen; wesenlos, unfaßbar, zwiespältig war die Zeit; gräßlich, ihr ausgeliefert zu sein, es war ein Traum!
Wirklich waren nur die Pfütze, die Kälte und die Feuchtigkeit. Er verzichtete auf den Rundgang ums Château und zündete sich gleich die Zigarette an. Seine Berechnungen verwirrten sich, er hatte nur noch die dunkle Vorstellung: hier eine Zigarette und in Madame Sevrys Tür eine Zigarette, dann zu Willi, und es mußte drei Uhr sein. Eine Stunde war dann um; er wußte, daß er sich selbst betrog, und doch, während er sich dessen bewußt war, glaubte er an diesen Betrug.
Wie soll ich Willi nur beibringen, daß ich die Uhr gar nicht mehr habe! dachte er verzweifelt, daß ich sie vorgestern abend schon versoffen habe bei Madame Sevry! Ich muß ihn hinhalten bis übermorgen und ihm dann die Zigaretten zurückgeben von der Marketenderware; Franz bekommt

zwölf, Willi dreizehn; bleiben mir also noch sieben Zigaretten und der Tabak!
Und das Geld, das er gepumpt hatte! Kredit ist das gefährlichste, was es für einen Armen gibt, dachte er bitter. Es war immer dasselbe: Wenn Mariannes Päckchen kamen und die Geldsendungen, dann verpulverte er alles, es zerfloß ihm zwischen den Händen, und dann schleppte er sich auf der gefährlichen und verlockenden Brücke des Kredits durch, schwankend zwischen den Abgründen der Verzweiflung und der Betäubung.
Und der Krieg stand still! Dieses Ungeheuer trat auf der Stelle! Ein Schrecken ohne Ende. Tag und Nacht die Uniform und die Sinnlosigkeit des Dienstes, die hochmütige, kreischende Gereiztheit der Offiziere und das Gebrüll der Unteroffiziere! Sie waren in den Krieg getrieben wie in eine hoffnungslose, große, graue Herde von Verzweifelten. Manchmal erschien ihm die Erinnerung an die Front, wo das Ungeheuer wirklich blutig und zähnefletschend gewesen war, erträglicher als das unabsehbare Warten in diesem Land, das zwischen bösartiger Stummheit und einer liebenswürdigen, sanften Ironie schwankte. Immer wieder wurden sie auf dem eintönigen Karussell des sogenannten Einsatzplanes vorne für einige Zeit in die Bunker geschoben und wieder zurück in dieses Drecknest, in dem sie jedes Kind kannten, jeden Stuhl in jeder Kneipe. Und der Wein wurde immer schlechter, die Schnäpse wurden immer fragwürdiger, die Zigaretten und die Verpflegung immer knapper; es war ein grausames Spiel. Er versenkte auch den

zweiten Zigarettenstummel in die kleine Tasche vorne, die für die Uhr bestimmt war, trat gleichgültig mitten hinein in die Lache des Hauptmanns und ging mit schnellen Schritten die Allee hinab, auf die Straße, geradenwegs zur Schule. Willi stand brav am Eingang des Gebäudes und schien sanft zu schlummern.
»Wie spät ist es?« fragte der Posten kurz und fast herrisch. Ungeduldig und gereizt wartete er, bis Willi in seiner biederen Umständlichkeit das Manöver mit der Uhr vollzogen hatte.
»Viertel vor«, sagte Willi gleich darauf, »hast du sie mitgebracht?«
»Was mitgebracht?«
»Die Uhr. Du hättest sie doch eben aus der Stube holen können, weißt du, ich will nämlich morgen früh ein Päckchen nach Hause schicken, und siehst du, da ...«
»Ich habe sie doch beim Uhrmacher in Bechencourt; habe ich dir das nicht gesagt, es wird Montag werden, ehe ich sie dir geben kann.«
»Oh, das hättest du sagen sollen. Dann werd' ich wohl die Reparatur bezahlen müssen, wie?«
Der Posten lachte: »Gewiß, dann hast du eine gute Uhr für fünfundzwanzig Zigaretten und ein paar Franken, billig, nicht?«
»Wir haben es ja abgemacht, und ... und meinst du Montag, oder glaubst du ...?«
»Nein, Montag bestimmt.«
Der Posten grübelte nur darüber, daß es erst Viertel vor drei

war. Nicht einmal eine Stunde, nicht einmal die Hälfte war um! Eine tiefe Bitterkeit erfüllte ihn, Haß und Wut, eine dunkle Angst und zugleich Verzweiflung; sie schnürten ihm die Kehle zu, es war bitter und heiß und gräßlich trocken wie von gewaltsam verschluckten Tränen.
»Bis gleich«, sagte er mit gepreßter Stimme und wandte sich wieder ab; er wollte erst noch einmal nach der Zeit fragen, aber es war ja so sinnlos, es würde höchstens zehn Minuten vor drei sein.
Die Straße, die er am hellen Tage so oft ging, zum Essenholen mittags, und abends, um die Ration zu holen, dieses kurze Stück Straße, das ihm am hellen Tag lächerlich klein und dürftig schien, war nun in der Nacht von einer geheimnisvollen Größe und Weite. Auch die schmutzigen, ärmlichen Häuser dem Schloßpark gegenüber waren in der Dunkelheit großartiger. Er aber fühlte nur diese verzweiflungsvolle Bitterkeit, die ihn fast erwürgte. Nicht einmal der Gedanke an die Zigaretten in der Tasche konnte ihn trösten, auch nicht die Vorstellung, daß die unerquickliche Geschichte mit der Uhr nun wenigstens für zwei Tage hinausgeschoben war. Er fror jämmerlich und hatte Hunger, nackten, erbärmlichen Hunger. Er steckte die Hände in die Taschen, aber sie waren so hoffnungslos klamm, daß sie auch dort kein Leben gewannen. Der Stahlhelm drückte plötzlich wie ein bleierner Klumpen, und im gleichen Augenblick glaubte er zu wissen, daß alles, alles, Haß und Qual und Verzweiflung, in diesem Stahlhelm saß, in diesem schweren Klotz auf seiner Stirn. Er nahm ihn ab und trat nun in die Tor-

einfahrt von Monsieur Dubuc, gerade dem Eingang zum Château gegenüber.
Ihm schwindelte vor Leichtigkeit, als er nun vom Druck des Stahlhelms befreit war, er lächelte, ohne es zu wissen, ein leichtes, fast glückliches Lächeln und dachte gleichzeitig: jetzt ist es gewiß drei Uhr. Und wenn die erste Hälfte verstrichen war, dann verging die Zeit schneller; die Hälfte war der Grat, den man erklimmen mußte, dann ging es bergab. Er stellte sich Mariannes Gesicht vor, indem er die Augen schloß, so daß es ganz nah und deutlich vor ihm stand, so nahe, daß er den Geruch ihres Haares spüren konnte! Er würde wieder Post von ihr bekommen, ihre Handschrift sehen ...
Die Zeit floß, floß, er spürte es, mit rasenden Schritten ging es auf vier Uhr, schlafen, schlafen, träumen bis sechs. Der Gedanke an den Dienst ließ ihn einen Augenblick verhalten wie ein Pferd vor der Hürde, aber dann, dann hörte er plötzlich zum ersten Male in dieser Nacht den Stundenschlag der Dorfuhr: viermal und dreimal, unerbittlich! Drei Uhr! Erst drei Uhr!
Er duckte sich erschreckt wie ein geschlagenes Tier, krümmte sich wie unter einem wirklichen grausamen Schlag, stöhnte animalisch verloren, versuchte den zaghaften Selbstbetrug, daß er sich verhört haben könnte; im gleichen Augenblick spürte er, daß sein bloßer Kopf eiskalt war und jämmerlich schmerzte. Er stülpte den Stahlhelm über und zündete sich eine Zigarette an und rauchte in wahnsinniger Hast, den Rauch tief einziehend, zwei Ziga-

retten hintereinander, lefzend vor Haß, Wut und Verzweiflung.
Er vergaß sogar, die beiden Zigarettenstummel zu bergen, mit knappen, herrischen Gesten warf er sie in die Straße ...
Als er danach zum ersten Mal zu Willi hinüberlief, war es acht Minuten nach drei; beim zweitenmal – es schien ihm eine Ewigkeit schmutziger innerer Qual – war es elf Minuten nach drei! Die drei Minuten waren wie eine Ewigkeit gewesen! Ja, er war verloren, das war es; alles war sinnlos. Niemals würde es vier Uhr werden, niemals würde er lebend die vierte Stunde erreichen, er würde erdrückt sein vom grauenhaften Mahlwerk der bloßen Zeit. Alles Tröstliche und Hoffnungsvolle war versunken, nicht einmal mehr in der Erinnerung heraufzuholen. Es blieb nichts als die nackte Qual der Zeit und die Aussicht, morgen früh mit dem verkaterten Leutnant vier Stunden unausgeschlafen und hungernd Dienst zu machen. Griffe, Wendungen, Griffe, Wendungen, Geländedienst, Griffe, Zielübungen, Singen, Singen, Singen!! Vier Stunden, eine unendliche Kette mörderischer Sekunden. Vier Stunden! Und nicht einmal diese zwei waren um! Die Zeit war betrügerisch, das war es! Sie betrog ihn, sie machte alle Hoffnungen zunichte. Zwei Stunden! Vier Stunden! Dienst und Wache, hoffnungslos eingespannt in diesen Schraubstock! Singen! Singen! Dem verkaterten Leutnant Lieder singen, die dessen Sentimentalität befriedigten.
Aus dem verknäuelten Gewühl von Wut, Verzweiflung und Haß löste sich nun der Haß fast selbständig und rein. Er

nahm den Haß in seine Arme und hegte ihn; er fütterte ihn mit boshaften Sentenzen über den Leutnant, den pinkelnden Hauptmann und die Unteroffiziere. Mit einem schrecklichen Lächeln brannte er die fünfte Zigarette an, nun wieder in Madame Sevrys Tür stehend, und blickte die Straße hinab. Er konnte den Haß nun loslassen, brauchte ihn nicht mehr zu hegen und zu pflegen; er war stark genug, selbständig in ihm zu wirken.

Vom Meer her kam ein matter, feuchtkühler Wind, der seltsame Geräusche wachrief: ein Stöhnen der frischbelaubten Bäume, Knarren morscher Dächer und das Rappeln alter, ausgeleierter Türen.

Und er wußte mit einem Male, daß die Zeit nun wirklich rasch verflossen war; er wunderte sich nicht, daß es Viertel vor vier schlug.

Er lief schnell zurück durch die Allee, betrat die Stube, um seine Ablösung zu wecken. Wecken muß man verstehen, dachte er, der Schlaf eines Soldaten ist etwas Heiliges, und deshalb wird er von allen mit Füßen getreten, kaum einer kann einen Soldaten richtig aus dem Schlaf holen, der nichts kostet und so unsagbar kostbar ist.

Er tastete sich behutsam durch die Stube und weckte sorgfältig den Posten, nicht zu zaghaft und nicht zu brutal; so, daß er gleich wach war und doch nicht rücksichtslos aus der tiefen Schönheit des Schlafes gerissen wurde. Er rüttelte den Posten einige Male sanft und doch energisch, und eine traurige und doch gefaßte Stimme sagte: »Ja, ich komme gleich.«

Das Mitleid überschwemmte ihn; alle, alle waren sie eingespannt in dieses sinnlose, grausame System! Er wartete draußen am Eingang zur Allee; er spürte keine Kälte mehr, keinen Hunger, kaum noch Müdigkeit, nun, da ihm das Bett gewiß war.
Aber dann hörte er plötzlich Schritte vom Kirchplatz her, seltsame Schritte, Stöhnen und halbe Schreie unterdrückter Lust. Das Torkeln war so plastisch in der Dunkelheit zu spüren, daß er den Leutnant vor sich sah, im Zickzack gehend, einige Schritte forsch und schnell, dann wieder taumelnd. Yvette mußte ihm ordentlich aufgetischt haben mit ihren falschen Likören! Nun bog er in die Dorfstraße ein ... Zehn Schritte ging der Leutnant fast normal, ein Liedchen summend, dann taumelte er wieder; und dann, dann sah der Posten die glühende Spitze seiner Zigarette.
Niederknallen, niederknallen! dachte er, und kaum zuckte der Gedanke, da entsicherte er sein Gewehr und legte an, indem er die linke Hand an den Torpfeiler stützte und den Lauf darüberschob. Ganz kalt und wach war er, gespannt von dem herrlichen Spiel, auf den Leutnant zu zielen! Und nachdem er das Gewehr genau auf die glühende Zigarette eingerichtet hatte, rief er halblaut: »Parole ... Wer da?« Er verfolgte mit dem Gewehr die näherkommende Gestalt, und als die Stimme rief: »Vive la France!«, durchzuckte ihn etwas Schreckliches, Wildes, wie es nur die Spieler kennen, die plötzlich und zwanghaft alles auf eine Karte setzen! Er drückte ab! Und in der billionstel Sekunde zwischen Abdruck und Knall wünschte alles in ihm, was noch mensch-

lich war, alles, alles wünschte, daß der Schuß fehlgehen möge, aber ein gräßliches, kurzes, schauderhaftes Gurgeln belehrte ihn eines anderen. Er stand starr und unbeweglich, als seine Ablösung ihn am Arm faßte und mit erschreckter Stimme fragte: »Mensch, was ist passiert?«

»Vive la France«, antwortete er nur und stellte mit schneeweißem Gesicht und zitternden Händen sein Gewehr gegen den Pfeiler.

Die Verwundung

Dort, wo vor einer halben Stunde die Staubwolke der Angreifenden gewesen war, war nun die Staubwolke der Fliehenden. Der staubige Dunst zog über der flirrenden Steppe heran, verwirrte die Feldjäger und machte sie noch wütender.

Sie hoben ihre Maschinenpistolen und schrien: »Halt, ihr Schweine, halt, zurück in die Stellungen.«

Es war ein wildes Schreien von Verwundeten, die liegengeblieben waren, Schreien der Russen, ein heiseres, geängstigtes Bellen, und die Rufe der Fliehenden. Die Fliehenden stoppten wie eine Horde wilder Pferde, die einen Zaun wittert, traten sich kurz vor den Pistolenläufen aus und machten müde und gehorsam kehrt.

Ich hörte hinten die Rufe der Offiziere, die ihre Haufen zu einem neuen Stoß um sich scharten, das Brummen von Panzern, Heulen von Granaten und immer noch das Schreien von Schwerverwundeten. Langsam und mit einem Gefühl unheimlichen Glücks ging ich der Kette der Feldjäger entgegen. Mir konnten sie nichts wollen, ich war verwundet, wenn man mir auch von vorne nichts ansehen konnte.

»Halt«, schrien sie, »zurück, du Schwein!«

»Ich bin verwundet«, schrie ich ihnen entgegen. Sie ließen mich mißtrauisch näher kommen. Ein nervöser Leutnant empfing mich mit zornigem Gesicht, und ich präsentierte ihm meinen Rücken. Es mußte ein ziemlich großes Loch sein, ich hatte einmal danach gefühlt: feuchtes, klebriges Blut und Stoffetzen. Aber ich spürte gar nichts, es war eine herrliche Verwundung, eine Verwundung wie gemalt, sie konnten mir gar nichts wollen. Es muß wirklich schlimmer ausgesehen haben, als es war. Der Leutnant brummte etwas und sagte dann ruhiger: »Da ist ein Arzt.«

Das Tal war ganz leer und still, vor einer halben Stunde waren Panzer darin gewesen. Artillerie, Stäbe mit ihren Wagen, das ganze hysterische Getümmel vor einem Angriff. Jetzt war es ruhig. Der Arzt saß unter einem Baum. Von hinten kamen langsam noch mehr Verwundete. Ich war der erste Patient des Angriffs.

»Komm her, Freund«, sagte der Arzt. Er hob die Stoffetzen hoch. Es kitzelte ein bißchen, dann schnalzte er mit der Zunge und sagte: »Spuck mal.« Ich würgte, meine Kehle war ganz trocken, aber ich brachte tatsächlich noch einen Flatschen zustande.

»Nichts«, sagte der Arzt, »hast Schwein gehabt, scheinbar nichts in der Lunge. Junge, Junge, das hätte schiefgehen können.« Er spritzte mir Tetanus. Ich bat ihn um einen Schluck Wasser, und er zog eine Feldflasche. Ich wollte danach greifen, aber er hielt sie mir an den Mund und ließ mich nur einen kleinen Schluck tun. »Sparsam, Freund, hast du Schmerzen?«

»Ja.«

Er gab mir eine Tablette. Ich ließ sie verschwinden. Ich spürte ja gar nichts, es war eine prachtvolle Verwundung,

wie gemalt, es würde mindestens vier Monate dauern, ehe das Loch zu war, dann war der Krieg zu Ende.
»So, nun geh«, sagte der Arzt. Neben mir stand jetzt einer, dem hatten sie in die Wade geschossen, er stöhnte vor Schmerzen, aber er war bis hierher gegangen, sein Gewehr als Stock benützend.
Das Tal war prachtvoll, es war das schönste Tal, das ich je gesehen habe. Nur kahle Hänge mit Steppengras, die in der Sonne schwelten. Ein dunstiger Himmel darüber, sonst nichts. Aber es war das prachtvollste Tal, so herrlich wie meine Verwundung, die nicht schmerzte und doch schwer war. Ich ging langsam, ich hatte auch keinen Durst mehr und kein Gepäck, alles war vorne geblieben. Und ich war allein. Ich setzte mich irgendwohin und rauchte, das geht alles vom Krieg ab, dachte ich, sie können dir nichts wollen, du bist verwundet und darfst dich ein wenig ausruhen. Von oben sah ich die Stelle, wo der Arzt war. Dort waren viele, und manche kamen zu Fuß das Tal hinunter und sahen aus wie Spaziergänger in der Wüste, so öde war das Tal. Auch ein Auto stand da, oben bei dem Arzt, aber ich mochte nicht damit fahren, ich hatte Zeit, sie konnten mir nichts wollen.
Ich ging langsam weiter. Jetzt erst sah ich, wieviele Kilometer wir von Jassy aus vorgestoßen waren. Sooft ich auch einen Hügelkamm erreichte, nichts war von den weißen Mauern der Stadt zu sehen. Es war ganz still, nur ein paar gemütliche Schüsse in der Ferne. Dann sah ich einen Wald, und aus dem Wald kam ein wütendes großes Auto, das viel Staub aufwirbelte. Es war richtig zornig, das Auto, ungedul-

dig, gereizt, ärgerlich. Das Auto hielt genau vor mir. Unser General saß darin und hatte einen Stahlhelm auf, und wenn Generäle einen Stahlhelm aufhaben, dann stimmt etwas nicht. Auch ein Oberst war dabei, mit Ritterkreuz, sonst gar nichts. Das sah sehr schick und vornehm aus. Der General stand im Wagen auf und schrie mich an: »Was ist denn mit Ihnen?«

»Bin verwundet, Herr General«, sagte ich und drehte mich. Ich mußte fast lachen, es war ja komisch, wie ich dem General den Hintern zudrehte.

»Es ist gut, mein Sohn.« Ich drehte mich wieder um. Sein rundes rotes Gesicht war immer noch wütend, so wütend wie das Auto, auch wenn er »mein Sohn« sagte. Generäle sagen immer »mein Sohn«, sie zeigen wenig Phantasie beim Anreden.

»Wie steht's vorne?« fragte er noch.

»Erst sind'se zurückgegangen, dann wieder vor, weiß nicht.«

»Wo hast du denn deine Waffe, mein Sohn?«

»Kaputt, Herr General. Es war 'ne Handgranate, die fiel direkt neben mich. Lag auf der Seite, das Gewehr war ganz kaputt.«

»Da, rauch ein bißchen«, er gab mir eine ganze Packung Zigaretten. Generäle geben meistens Zigaretten. Ich dankte ihm durch eine straffe Haltung, dann fuhren sie los. Der Oberst nahm die Hand an die Mütze, das fand ich sehr schick, wo er doch's Ritterkreuz hatte und ich gar nichts auf der Brust.

Als ich durch den Wald war, sah ich die Stadt. Sie lag weiß

auf ihren Hügeln und sah prachtvoll aus. Ich war sehr glücklich, sie konnten mir nichts anhaben, ich war ganz, ganz vorne verwundet worden, zehn Meter vor den Russen, und vielleicht war ich ein Held. Sie konnten mir nichts. Ich hatte meinen Brotbeutel umhängen, da waren zwei Paar Socken drin, und dafür würde ich Wein trinken in der Stadt, vielleicht etwas essen. Aber mir wurde ganz schlecht, als ich ans Essen dachte. Ich hatte eineinhalb Tage nichts gegessen und getrunken. Aber als ich an den Wein dachte, ging ich schneller. Ich kam über eine Heide, die war ganz zerwühlt von Panzerspuren und Bomben, und ein paar Tote lagen da, auch tote Pferde. Hinter dem Heidestück führte der Weg ganz steil an einigen Häusern vorbei; und ich war in der Stadt. An einem Platz stand eine Straßenbahn. Ich lief, um sie noch zu kriegen, es war wie zu Hause. Ich erreichte sie noch, und wir fuhren sofort ab. Vielleicht hat der Fahrer mich gesehen, dachte ich, und hat auf mich gewartet. Die Straßenbahn war ganz leer. Es mußte Mittag sein. Es war heiß, und rechts und links schliefen die Häuser in der Sonne. Nur ein paar Hunde liefen herum und Hühner.

Die Schaffnerin kam mit ihrer Tasche auf mich zu und wollte Geld. Stimmt, dachte ich, die Rumänen sind ja Verbündete, da muß man zahlen. Ich zuckte die Schultern und lachte. Aber sie blieb ernst. »Nix«, sagte sie energisch. Ich drehte ihr meine Wunde zu und sagte: »Kaputt, da«, aber das rührte sie wenig, sie zuckte die Schulter und rieb Daumen und Zeigefinger. »Nix«, sagte sie. Ich kramte in meinem Brotbeutel, da waren Briefpapier, ein paar kaputte Zigar-

ren, die ich in der Pfeife rauchen wollte, die Socken und eine Nagelschere. Ich zeigte ihr die Nagelschere. Der Fahrer vorne fuhr mit einer abenteuerlichen Geschwindigkeit. Es waren andere Leute eingestiegen. Die Schaffnerin bediente sie, dann kam sie zurück. Ich zeigte ihr die Schere. »Wieviel Lei«, fragte ich. Sie rümpfte die Nase. Sie war ein ganz hübsches Ding, und ich sah, daß sie Spaß an der Schere hatte. Sie schnippte sich damit an den Nägeln herum, lächelte mich an, machte mit den Fingern »zwanzig«. Ich nickte. Ich war so glücklich, sie konnten mir ja nichts anhaben, ich war vielleicht ein Held, ich war ganz, ganz vorne verwundet worden, zehn Meter vor den Russen. Die Schaffnerin gab mir einen Zehnleischein und den Fahrschein für fünf Lei. Sonst nichts. Aber mir war's egal. Ich war glücklich, mir konnten sie nichts wollen.
Ich sah mir an, wo wir vorbeifuhren. Wir fuhren an einem Café vorbei, und mir fiel ein, daß ich seit zwei Tagen nichts getrunken und wie ein Irrer nach etwas Trinkbarem gelechzt hatte. Die Bahn hielt an einem großen Platz mit Soldatenkino, Cafés und Kaufhäusern. Es war ziemlich Betrieb da, viele Soldaten und Händler mit Karren und Huren. Die Huren waren furchtbar schön, mit Mandelaugen und Knallmündern, aber ich glaube, daß sie teuer waren. Ich stieg aus und ging in das Café, niemand achtete auf mich, keiner sah, daß ich einen Flatschen im Rücken hatte, einen Prachtflatschen, der ganz blutig war, mit Stoffetzen, und der mindestens vier Monate brauchen würde, um heil zu werden. Im Café saß hinten nur ein Soldat, der war besoffen,

ich sah's gleich, ein Unteroffizier. Und links saß ein ganz schwarzer Mann, kohlrabenschwarz, mit einem dicken bleichen Gesicht, der aß eine Gurke und rauchte eine schwarze Zigarre dazu. Rechts saß eine Frau, die lachte mich an. Sie rauchte und stieß ganz dämonische Kringel aus.
»Spätzchen«, rief sie, aber ich mochte sie nicht, und sicher war sie sehr teuer. Der Unteroffizier hinten rief: »Kamerad!« Ich ging auf ihn zu. Seine Augen waren verschwommen und trübe. Er hatte die ganze Brust voll Orden und hatte eine große Karaffe Wein vor sich stehen.
»Sauf!« sagte er. Mein Gott, war das herrlich, das Trinken. Ich trank direkt aus der Karaffe. Mein Gott, war das wunderbar, das Trinken. Ich spürte direkt, wie ausgetrocknet ich war, und es war kühler Wein, ein bißchen herb.
»Sauf!« sagte der Unteroffizier, aber die Karaffe war leer. »Kollege«, rief er, und sofort kam ein schmieriger Bursche hinter einem Vorhang vor, schnappte die Karaffe und ging damit fort. Der schwarze Mann saß jetzt bei der Frau, die so blond war wie er schwarz. Er ließ sie in die Gurke beißen und an seiner Zigarre ziehen, dann lachten sie, und der schwarze Mann rief etwas hinter den Vorhang, das wie Latein klang, ein matschiges Latein.
Der schmierige Junge kam mit der Karaffe, aber die war größer als die letzte, und er brachte auch noch ein Glas mit.
»Sauf!« sagte der Unteroffizier.
Er goß ein, und wir soffen. Ich soff, ich soff, es war herrlich, es war wunderbar.
»Rauch«, sagte der Unteroffizier, aber ich packte meine

Generalspackung aus und knallte sie auf den Tisch. Die blonde Frau lachte mit dem schwarzen Mann, und sie tranken jetzt Wein. Wein auf Gurke, dachte ich, das geht sicher schief, aber es schien ihnen Spaß zu machen, und sie bliesen dämonische Kringel in die Luft.
»Sauf«, sagte der Unteroffizier, »ich muß heut abend wieder an die Front, zum fünften Mal ... verdammt!«
»Fahr mit der Straßenbahn«, sagte ich, »ich komm daher, zum dritten Mal.«
»Wo kommst du her?«
»Von der Front.«
»Bist du stiftengegangen?«
»Nee, verwundet.«
»Glaub ich nicht.«
Ich zeigte ihm meinen Rücken.
»Verdammt«, sagte er, »hast du Massel. Das ist ja prachtvoll. Verkauf es mir.«
»Was?«
»Das Ding da, den roten Klatsch auf deinem Kreuz, verkauf ihn mir.« Er schlug einen ganzen Packen Geldscheine auf den Tisch, dann nahm er die Karaffe und setzte sie an den Mund, dann soff ich, dann er, dann ich ...
»Kollege«, rief er.
Der schmierige Junge kam wieder und brachte noch eine Karaffe, und wir tranken.
»Verkauf's mir, du Feigling«, rief der Unteroffizier, »ich geb dir tausend, zweitausend, dreitausend Lei, du kannst dir die schönsten Huren kaufen, Tabak und Wein, und du ...«

»Du kannst doch hier auch Verwundungen kaufen, am Bahnhof haben sie es mir angeboten.«
Der Unteroffizier war mit einem Schlag nüchtern und packte mich am Arm.
»Wo?« fragte er heiser.
»Am Bahnhof«, sagte ich, »haben sie's mir angeboten.«
»Kollege«, rief der Unteroffizer.
»Zahlen!« Er knallte Geld hin, packte mich am Arm und sagte: »Warte hier.«
Er setzte die Mütze auf, schnallte das Koppel fester und ging. Der schmierige Junge brachte eine neue Karaffe. »Ist ihm bezahlt«, sagte er grinsend. Und ich trank. Die blonde Frau saß dem schwarzen Mann auf dem Schoß und kreischte wie verrückt. Sie hatte eine Zigarre im Mund und in der Hand ein kaltes Kotelett. Der schwarze Mann war schon ganz besoffen. Ich trank und rauchte. Es war herrlich, ich war besoffen, wunderbar besoffen, und ich war verwundet, und sie konnten mir nichts anhaben, ich war vielleicht ein Held. Zum dritten Male verwundet. Der Wein war herrlich, herrlich ...
»Kollege«, rief ich. Der schmierige Junge kam und stand grinsend vor mir. Ich zog die Socken aus meinem Brotbeutel und hielt sie ihm hin: »Wieviel Wein?« Er zuckte die Schultern und rümpfte die Nase, dann nahm er die Socken und hielt sie vor sein Gesicht. »Ist ihm nicht neu«, sagte er und schniefte mit seiner langen Nase.
»Wieviel?« fragte ich.
»Geben ihm Wein, zwei soviel«, er zeigte auf die Karaffe.

»Bring ihm«, sagte ich, »bring ihm her, den Wein.«
Er brachte ihn. Gleich beide Karaffen. Ich trank, ich trank, es war herrlich, es war wunderbar, ich war vollkommen besoffen, aber so nüchtern, wie nur die Glücklichen sind. Es war unbeschreiblich, wie kühl und herb der Wein war, und ich hatte ihn bezahlt, mit zwei Paar Socken. Die Frau aß das zweite Kotelett und rauchte eine Zigarette dazu. Sie war ein mageres Ding und schrie wie verrückt auf dem Schoß von dem schwarzen Mann. Ich sah alles ganz genau, obwohl ich besoffen war. Ich sah, daß sie keinen Unterrock anhatte, keine Hose, und der schwarze Mann kniff sie in den Hintern, darum schrie sie auch, auch darum schrie sie. Dann fing der schwarze Mann wie ein Wahnsinniger zu schreien an, stemmte die Frau ganz hoch und trug sie zur Tür hinaus.
In diesem Augenblick kam der Unteroffizier wieder herein.
»Sauf!« rief ich ihm zu.
»Kollege«, rief der Unteroffizier, und der schmierige Junge kam sofort.
»Wein«, rief der Unteroffizier, »ganzes Faß Wein«, und ich wußte, daß es geklappt hatte. Er nahm meine zweite Karaffe, trank sie mit einem Zug aus und knallte sie an die Wand.
»Diese Burschen«, sagte der Unteroffizier, »machen das prima. Pistole mit Schalldämpfer. Du stellst dich um eine Ecke herum und hältst die Flosse vor und petsch, guck her.«
Er zog den Ärmel hoch. Sie hatten ihm wunderbar sauber durch den Unterarm geschossen und ihn verbunden, und sogar einen Verwundetenzettel hatte er.

Der schmierige Junge brachte eine große Karaffe. Der Unteroffizier war ganz verrückt. Er schrie und soff und schrie und soff. Und sagte: »Ich heiße Hubert.«

Und ich trank, es war wunderbar.

Dann gingen wir zum Verbandplatz, Hubert wußte genau Bescheid. Als wir kamen, luden sie gerade ein paar Wagen mit Leichtverwundeten ab. Es waren zwei Ärzte, und vor jedem stand eine lange Schlange von Leichtverwundeten. Weil wir besoffen waren, wollten wir zuletzt drankommen. Wir stellten uns in die zweite Schlange, denn da war ein Arzt, der sah sympathischer aus als der bei der ersten. Ein Unteroffizier stand dabei, der rief immer: »Der nächste!« Bei manchen dauerte es lange, und die fertig waren, gingen durch einen langen Flur, der auf einen Hof führte.

Wir setzten uns auf eine Bank, weil wir ja besoffen waren und ziemlich schwach auf den Beinen. Neben mir saß einer, dem hatten sie die Flosse kaputtgeschossen, vorne in den Handteller, der blutete wie ein Schwein auf die Bank. Er war ganz grau im Gesicht.

Die Ärzte arbeiteten bei offener Tür, die Zigarette im Mund, und manchmal nahmen sie einen Schluck aus einer Flasche. Sie schufteten wie verrückt, und der, bei dem ich stand, hatte ein nettes Gesicht, ein intelligentes Gesicht, und ich sah, daß er geschickte und ruhige Hände hatte. Ein Auto kam mit Schwerverwundeten, und wir mußten warten. Der Unteroffizier machte die Tür zu, und wir hörten Schreie, und es roch noch mehr nach Blut und Äther. Der mit der durchschossenen Hand war eingeschlafen, er blutete auch nicht mehr. Das Blut von seiner Flosse hatte mich ganz voll gemacht, und als ich das Soldbuch aus meiner linken Tasche herauszog, war es ganz mit Blut verschmiert, man konnte auf den ersten Seiten nichts mehr lesen. Ich war besoffen, mir war's egal, und sie konnten mir nichts anhaben, sie konnten mir nichts wollen, ich war verwundet, ganz vorne war ich verwundet worden, und ich war vielleicht sogar ein Held.

Jetzt war ich also der unbekannte Soldat.

Ich sagte laut vor mich hin: »Ich bin der unbekannte Soldat«, aber die anderen, die am Boden hockten oder auf der Bank saßen, riefen: »Halt die Schnauze ...« Ich hielt die Schnauze und blickte auf die Straße. Hubert war eingeschlafen. Er hielt seinen Unterarm schön brav vorgestreckt, und es sah schön aus, richtig kriegsmäßig, sie hatten gute Arbeit geleistet, ich mußte ihn doch fragen, was es gekostet hatte. Wenn in den vier Monaten der Krieg doch nicht aus war, dann würde ich mir auch durch die Flosse knallen lassen, und dann bekam ich das goldene, dann war ich ein richtiger amtlicher Held, und sie konnten mir überhaupt nichts mehr wollen. Aber er schlief ja jetzt, und sie waren immer noch nicht fertig mit den sechs Schwerverwundeten, und man hörte nur ihr Schreien. Ich war gar nicht mehr so sehr besoffen. Einer aus der Schlange fragte plötzlich ganz leise: »Wer hat was zu rauchen?« Ich erkannte den mit dem Bein, der sich auf das Gewehr gestützt hatte. Aber er erkannte mich nicht. Das Gewehr hatte er immer noch, und sein Gesicht war ein richtiges Heldengesicht. Er war stolz.

Ich gab ihm ein paar von den Zigarretten des Generals. Hubert schlief fest und schnarchte, jetzt hatte er ein ganz glückliches Gesicht, dann öffnete sich die Tür, und der Unteroffizier rief wieder: »Nächster!«
Dann ging es sehr schnell, und es kam auch gar kein Auto mehr. Ich war doch noch besoffen, aber ich fühlte mich prachtvoll und hatte nicht für fünf Pfennig Schmerzen.
»He, der nächste, du bist dran«, schrie der Unteroffizier.
Ich trat in ein Schulzimmer, sie hatten die Bänke hochgestapelt, und der Marschall Antonesku hing an der Wand, und der Kronprinz Michael. Es roch entsetzlich nach Blut und Äther. Ich zog die Feldbluse und das Hemd aus, ganz allein, ich war immer noch besoffen. »Schneller«, sagte der Unteroffizier. Kronprinz Michael hatte ein richtiges blödes Hohenzollerngesicht, und über die schwarzen Leute und die Huren und die schmierigen Jungen, die Zwiebeln und Gurken auf den Wein hatte er zu sagen. Aber es war ein Durcheinander in Rumänien, und er würde es nie schaffen, auch Antonesku nicht.
In diesem Augenblick wurde ich ganz nüchtern, denn der Arzt schnippelte mir im Rücken herum. Ich spürte gar nichts, er hatte mich örtlich betäubt, aber es ist ein ganz seltsames Gefühl, wenn sie so an dir rumschneiden. Ich sah es ganz genau, denn vor mir stand ein großer gläserner Wandschrank, und hinter mir stand ein gläserner Besteckkasten. Und ich sah meinen glatten Rücken und das große Loch im Rücken, und der Arzt schnitt den Rand ganz glatt und holte irgend etwas aus dem Loch heraus. Ich fühlte

mich wie ein Stück Gefrierfleisch, das sie an zwei Metzger verteilen, er schnippelte flink und geschickt, und dann betupfte er mich, und ich sah, daß das Loch in meinem Rücken noch viel größer geworden war. Mach es noch ein bißchen größer, dachte ich, dann dauert es sechs Monate. Vielleicht dachte der Arzt dasselbe. Er fing noch einmal an zu schnippeln und zu bohren. Dann betupfte er mich, und der Unteroffizier, der mich formhalber festgehalten hatte, ging zur Tür und rief: »Der nächste.«

»Handgranate, was Freund?« fragte mich der Arzt und tat einen großen Klatschen Watte auf das Loch in meinem Rükken.

»Ich glaub, ja«, sagte ich.

»Ein ganz nettes Ende, mein Lieber, willst du das Stück haben?« Er hielt mir ein verknülltes, blutiges Stück Blech vor die Nase.

»Nee«, sagte ich, »danke.« Er schmiß es in den Abfallkasten, und ich sah, daß da ein Bein lag, ein richtig heiles, prachtvolles Bein. Ich war ganz nüchtern.

»Es ist sicher noch ein Stück Holz drin und Stoffetzen, die müssen alle noch rauseitern, paß schön auf, daß nichts drin bleibt.« Er lachte. Der Unteroffizier verband mich. Er wikkelte viel Zeug um mich herum, und ich kam mir jetzt verdammt wie ein Held vor. Verdammt nochmal, von einer Handgranate verwundet, ganz vorne.

Der Arzt sah sich Huberts sauberes Loch an, dann sah er den Unteroffizier an und wurde ernst. »Wie gemalt, mein Lieber, wie auf Bestellung.«

Mir wurde es ganz heiß, aber Hubert war ganz kalt.
»Ein richtiger prachtvoller Heimatschuß, schon das fünfte Mal«, sagte der Unteroffizier.
»Prachtvoll«, sagte der Arzt, aber er tat nichts dran und blickte nur den Unteroffizier an, und der Unteroffizier, der mich verband, ging rüber und sah sich's auch an, dann sah auch er den Hubert an. »Prachtvoll«, sagte er.
Der Arzt rauchte und hatte die Beine übereinandergeschlagen. Er tat nichts an der Wunde. Hubert war ganz ruhig, aber er war nicht mehr besoffen.
»Was ist denn«, fragte er verwundert, »kann ich gehen ... dort hinaus? Wir sehen uns wohl noch, Hans«, sagte er zu mir. Er wollte tatsächlich gehen.
»Halt«, sagte der Arzt, »was denken Sie sich! Baumüller?« er wandte sich an den Unteroffizier, der mich verbunden hatte. Ich war jetzt fertig und schnallte mein Koppel mit dem Brotbeutel um.
»Faule Sache«, sagte der Unteroffizier, »wie gemalt.«
»Gehst du mit, Hubert?« fragte ich Hubert.
»Sie kennen sich?« fragte der Arzt.
»Mein Gruppenführer«, sagte ich ruhig, »er lag neben mir ...«
»Ach so«, sagte der Arzt, und auch der Unteroffizier, der mich verbunden hatte, sagte: »Ach so«, und sie glaubten mir, weil ich so ein prachtvolles Loch im Rücken hatte, ein Heldenloch. Wir gingen hinaus.
Hubert drückte mir die Hand.
Draußen auf dem Gleise standen drei Waggons. In einem

anderen Waggon wurde gesungen, und es roch hier richtig nach Eisenbahn, nach Kohle und trockenem Holz, wie auf allen Bahnhöfen der Welt. Es roch nach Krieg. Und es war schade, daß wir gar nicht mehr besoffen waren. Hubert sprang in einen Waggon und half mir hinauf, denn ich war ein bißchen steif von dem vielen Verband, und ich hatte ja jetzt auch ein riesengroßes Loch in meinem Rücken. Er zog aus der linken und aus der rechten Tasche eine Pulle, steckte mir eine zu und rief triumphierend: »Da sauf... sauf!« und wir tranken ... und es war wunderbar, sie konnten uns gar nichts wollen, wir waren verwundet, richtig verwundet, und vielleicht waren wir Helden, und der Unteroffizier würde das goldene kriegen, dann konnten sie ihm überhaupt nichts mehr.
Der Zug fuhr ab. Er würde durch die Karpaten fahren, durch die Pußta, durch ganz Ungarn bis in den Wiener Wald.
Aber zunächst nur ein paar Kilometer bis zum Hauptbahnhof. Da wurden wir verpflegt. Es gab Weißbrot, Käse und Tabak. Auch Kaffee, aber wir hatten keine Kochgeschirre. Dann kamen Decken in den Waggon, und wir machten uns prachtvolle Lager. Wir waren nur zu vierundzwanzig Mann: Es war ein französischer Waggon, und da, wo stand: 8 chevaux 40 hommes, hatte ein Witzbold drunter geschrieben 1/2 Elephant, 20000 weiße Mäuse. Ich mußte lachen. Wir waren alles *Sitzende.* Ich hatte gehofft, ich würde ein *Liegender* werden, die *Liegenden* fuhren nämlich später in weißen Betten in einem Lazarettzug nach Hause. Aber der

Arzt am Bahnhof hatte gesagt, ich sei ein *Sitzender*. Wir lagen zu zwölf Mann auf jeder Seite, immer sechs einander gegenüber. Und in der Mitte war ein freier Raum, da standen die Kaffekannen und die Eßnäpfe. Wir tranken Kaffee und aßen Weißbrot mit Käse. Es wurde dämmerig, und dann fuhren wir weiter.

Der Arzt, der uns am Bahnhof in *Sitzende* und *Liegende* eingeteilt hatte, hatte Hubert zum Führer in unserem Waggon bestimmt. Er verteilte die Liegeplätze und die Decken, und ehe wir abgefahren waren, hatte er einen Kanister Wein in den Waggon geschleppt. »Sauft, Kumpels«, rief er.

Es wurde langsam dunkel, und wir fuhren durch eine graue Ebene mit Wiesen und riesigen Viehherden. Hirtenfeuer standen gegen den flachen Horizont und die Feuer von Zigeunerlagern, und schwarzer Rauch hing am Himmel wie große Fahnen, und die Zigeuner sangen wohl, und wir tranken. Jeder hatte einen Liter Wein abgekriegt, und alle soffen. Wir saßen wirklich wieder in einem Verwundetenzug, und ich war ein Held, ich würde das silberne kriegen und Hubert das goldene, bei ihm war's das fünfte Mal. Nach und nach schliefen die anderen ein, und ich saß allein vorne mit Hubert auf einer Kiste an der offenen Tür, und wir tranken den Rest des Weines, rauchten und sagten kein Wort.

Der Himmel war grau, und darunter waren schimmernde kühlgrüne Maisfelder, und oft fuhren wir durch die Steppe und hörten das Blöken der Herden, sahen die stillen Feuer der Hirten. Manchmal kamen wir durch eine Station, da standen Leute und warteten auf Züge in die andere Richtung, Soldaten und Rumänen in bunten Kleidern, und ich dachte, daß es furchtbar sein mußte für die Soldaten, dort zu stehen und an die Front zu fahren. Es wäre schön gewesen, hätte man ihnen die Adresse von den Heimatschußverkäufern geben können, da wären sie gleich vom Bahnhof wieder zurückgefahren. Aber die meisten hätten sicher Angst gehabt. Ich hätte Angst gehabt. Ich hätte bestimmt Angst gehabt, so etwas zu tun, und ich fand, daß Hubert ein Held war. Verdammt, dazu gehörte Mut.

»Du bist ein Held«, sagte ich leise.

»Halt die Schnauze.«

Dann wurde es dunkel, aber der Himmel blieb noch grau, ganz sanft grau, und man sah die Ziehbrunnen gegen ihn aufragen wie schwarze Schreie der Qual, und Dörfer lagen ganz still und geduldig in ihren Maisfeldern unter dem grauen Himmel, und ich hatte gar keine Lust zu schlafen, es war so herrlich, es war wunderbar, und das wunderbarste war, daß sie mir gar nichts wollen konnten. Wir rauchten und tranken, und keiner sagte ein Wort.

Dann hielt der Zug auf einer erleuchteten Station, und wir sahen, daß es eine große Station war. Wir standen auf einem richtigen Bahnsteig, der ganz voll von Menschen war. Es waren ganz zerlumpte Leute dabei und ganz elegante rumänische Offiziere mit ihren Huren und rumänische Soldaten, die ihren Sold in Prügel ausgezahlt bekamen. Irgendwo vorne in einem Waggon schrien die *Liegenden* ganz schrecklich.

Dann machte die Menge auf dem Bahnsteig Platz, und es kamen zwei Ärzte und ein Unteroffizier. Hubert neben mir pfiff durch die Zähne. »Wir werden gesiebt«, sagte er. Er schnappte den leeren Kanister und verschwand nach hinten aus dem Zug, auf der Seite, wo die Gleise waren. Und ich blickte den Leuten auf den Bahnsteigen in ihre ernsten Gesichter und fühlte, daß ich ein Held war. Vorne schrien sie immer noch, ich sah auf der Uhr, daß es erst halb zwölf war, und ich hatte gedacht, die Nacht müßte bald um sein.
Dann kamen die Ärzte in unseren Waggon. »Aufstehen!« schrie der eine, »alles aufstehen!« Ich war ganz ruhig, aber ich spürte, daß die anderen nervös wurden. Ich zeigte mich ihm zuerst »Gut«, sagte er, »Schmerzen?« – »Ja«, sagte ich. »Tablette, Schwitzkowski.« Der Unteroffizier gab mir eine Tablette. Der nächste flog raus, er hatte nur einen ganz kleinen Splitter im Arm und hatte nicht einmal geblutet. Der Arzt beleuchtete alle Wunden mit einer Taschenlampe. Es war dunkel und still im Waggon. Er sagte mehrmals »raus«, und die, zu denen er »raus« sagte, stiegen gleich aus und mußten auf dem Bahnsteig warten. Zuletzt ging er in die Ecke zu einem, der ganz still dalag.
»Stehen Sie auf, verdammt«, sagte der Arzt. Aber der lag still und sagte nichts. Vielleicht ist er tot, dachte ich. »Was haben Sie?« schrie der Arzt. Da sagte er leise: »Beinschuß.«
»Sie sind doch ein *Liegender*, wie kommen Sie hier rein? Mal sehen.« Er kniete nieder und drehte den Verwundeten auf den Bauch. »Da?« fragte er. »Hier?« fragte er, und jedesmal stöhnte der Verletzte. »Na«, sagte der Arzt, »nicht so

zimperlich.« Dann sagte er: »Raustragen, zu den *Liegenden*.« Zwei Mann packten ihn, und der Unteroffizier leuchtete mit der Lampe.
Als sie ihn an mir vorbeitrugen, sah ich, daß er schon tot war. Ich sah's ganz gewiß, er war tot. »Er ist ja tot«, sagte ich zu dem Unteroffizier.
»Halt die Schnauze«, sagte der, und sie trugen ihn hinaus, und die Leute auf dem Bahnsteig machten Platz. Einer von den rumänischen Offizieren nahm die Hand an die Mütze. Er hatte sicher auch gesehen, daß er tot war. Der Arzt hatte ihn da in der Ecke totgefummelt.
Einer kam und fragte, wieviel wir noch seien, und wir mußten abzählen, und ich zählte im Dunklen mit zwei verschiedenen Stimmen. Wir waren noch vierzehn. Sie brachten uns heiße Milch und jedem ein paar rumänische Zigaretten. Dann fuhren wir los. Im letzten Augenblick sprang Hubert von hinten wieder auf. Es war noch einer bei ihm, und der lachte, er sagte, er hätte gar nichts, er wäre nur fast blind und hätte seine Brille kaputtgemacht. Er hätte von seinem Leutnant bescheinigt, daß ihm die Brille durch *Feindeinwirkung* kaputtgegangen sei. Der Halbblinde legte sich irgendwo in die Ecke, und der Unteroffizier schenkte ihm die Milch, die ich für ihn aufgehoben hatte. Wir aber tranken Schnaps, den er mitgebracht hatte.
Aber nach der heißen Milch mußten sie alle, und wir hatten lange keine Ruhe auf unserer Kiste. Auch kühl wurde es, und ganz dunkel war es geworden.
In den stillen Feldern, an denen wir vorbeifuhren, war

etwas Lauerndes. Und die dumpfen Dörfer, die zwischen Gebüschen schliefen, schienen gefährlich.
Der Aprikosenschnaps war sehr stark, und als er auf die heiße Milch traf, wurde mir plötzlich ganz erbärmlich schlecht. Bei jedem Hopser stieg's mir bis zum Halse und rutschte wieder zurück, und die dunkelgrauen Felder verschwammen vor meinen Augen zu einem sich drehenden Brei. Ich erbrach mich. Danach schnappte ich mir eine Decke und legte mich aufs Stroh. Hubert schob mir noch eine Decke als Kopfpolster hin. Er sagte nichts. Es war unheimlich still.
Ich schlief ein. Als ich wach wurde, fror ich.
Es war noch dämmrig, und wir standen in einer engen Schlucht. Hubert stand draußen und rauchte eine Zigarette. »Hallo«, rief er, »gut geschlafen?« Ich zündete mir eine Zigarette an und stieg auch aus. Fast alle Leichtverwundeten standen draußen. Zu beiden Seiten waren sehr steile Berge, und oben, sehr hoch oben, sah ich einen Hirtenknaben stehen, der schwenkte den Hut. Ich nahm die Mütze ab und winkte ihm zu.
Der Junge rief etwas, er war sicher sehr einsam dort oben, und froh, wenn ein Zug vorbeikam. Ich hatte plötzlich Hunger und ging in den Wagen. Ich aß den Rest des Weißbrotes und den Käse auf und trank kalten Kaffee dazu. Ich war gar nicht mehr glücklich, ich sehnte mich nach Hause. Die Wunde schmerzte jetzt, und ich spürte, daß sie angefangen hatte zu eitern, mir war sehr schlecht. Ich freute mich auf ein Bett ... und gewaschen hätte ich mich gerne mal.

Ich hatte mich drei Tage nicht gewaschen. Wir waren marschiert, gestürmt, marschiert, gestürmt, die Essenwagen hatten Volltreffer bekommen, dann war ich verwundet worden und hatte von da an viel gesoffen: kein Wunder, daß mir schlecht war. Einer stand ganz nah bei mir und pinkelte innen gegen die Waggonwand.

»He«, rief ich, »was machst denn du da?«

»Ich pisse«, sagte er ruhig.

»Piß richtig!«

»Ich pisse richtig.« Ich wollte aufstehen und ihm zeigen, wie er zu pissen hatte, aber es war schon zu spät. Er war fertig und machte sich die Hose zu. Da sah ich, daß es der Halbblinde war, und dachte, daß er markierte.

Ich nahm meine Decke und legte mich anderswohin. Mir war ganz elend zumute, und ich dachte jetzt nicht mehr, daß sie mir nichts wollen konnten, sondern überlegte, was ich ihnen wollen konnte.

Die Lokomotive pfiff, und wir fuhren sehr langsam über eine von den sehr bedenklich schwankenden Karpatenbrücken, und dann kam eine Station, bei der wir erneut gesiebt wurden. Hubert verschwand wieder. Aber den Halbblinden schnappten sie diesmal, und noch andere. Einer hatte nur ein Ekzem.

»Ekzem«, sagte der Arzt, »Sie sind wohl wahnsinnig, mit ’nem Ekzem bis nach Ungarn zu fahren.«

Wir waren nur noch acht und wurden aus drei Waggons in einen gesteckt, und es war seltsam, daß wir wieder genau zu vierundzwanzig waren. Vielleicht hatten sie nur den einen

Waggon. Und der mit dem Ekzem und der Halbblinde und all die einfachen Durchschüsse mußten deshalb dort bleiben, weil nur ein Waggon da war. Von den *Liegenden* trugen sie die raus, die nicht mehr transportfähig waren. Von einem war überhaupt nicht mehr viel da. Der hatte beide Beine ab, und es sah schrecklich wenig aus, als sie die Bahre vorbeitrugen. Er war weiß wie Milch im Gesicht, sah sehr wütend aus, und sein Verband war schwarz von Blut. Auch einen Toten trugen sie raus, das war der, den der Arzt in unserem Waggon totgefummelt hatte.

Mir war's immer noch elend, und es war jetzt wieder sehr eng in dem Waggon. Einen sehr strengen Unteroffizier hatten sie zum Führer gemacht. Er war groß und breit und hatte das Verdienstkreuz, und ich war sicher, daß er ein Schulmeister war und kurz vor der Beförderung zum Feldwebel stand.

»Plätze einnehmen«, rief er. Er hatte die Gelbsucht, und sein dickes Gesicht ähnelte einer Bronzestatue Mussolinis.

»Hinsetzen«, rief er.

»Abzählen« Wir zählten ab.

Ich überschlug einfach eine Zahl und sagte »vierzehn« statt »dreizehn«, und er merkte es nicht, weil er vergaß, sich selbst mitzuzählen. Keiner merkte es. Wir waren alle müde und hungrig, und allmählich taten uns die Wunden weh.

Dann gab es Weißbrot und Käse zu essen und heißen Kaffee. Ich hatte Sorge um Hubert, ich konnte ihn nirgends entdekken, aber die Lokomotive war da, und es sah aus, als würden wir gleich abfahren.

Ich stieg aus, und der strenge Unteroffizier fragte, wohin ich wollte, aussteigen sei verboten. Ich sagte, ich müsse scheißen, dagegen konnte er nichts haben, und er sagte, ich müsse mich beeilen.
Ich ging auf das Bahnhofsgebäude zu und rief laut: »Hubert.« Ich fand ihn in der kleinen Kneipe neben der Wartehalle. Er war besoffen. »Ich wechsel mein Geld«, rief er, »wir kommen nach Ungarn, da muß man Pengö haben. Komm, setz dich.«
Wir konnten den Zug genau beobachten. Und ich sah, wie der strenge Unteroffizier ein paarmal den Kopf zum Waggon rausstreckte.
»Sie haben abgezählt.«
»Das macht nichts.«
»Aber er ist streng, der Kapo.«
»Macht nichts.«
»Und es ist ein Transportführer dabei, ein Arzt, der weiß genau, wieviele wir sind.«
»Macht nichts.«
Er war vollkommen besoffen.
»Aber was willst du denn tun, du bist doch überzählig?«
»Ich hab schon mit dem Arzt gesprochen.«
Ein Mädchen brachte ein großes Stück Schweinebraten und Brot, und es roch prachtvoll und mußte sehr teuer sein. Wir aßen und tranken Wein dazu, und ich dachte, weil er doch mit dem Arzt gesprochen hatte, könnte ihm nichts passieren, und ich fühlte mich wieder prachtvoll. Wir kauften Tabak und noch ein paar Flaschen Wein, dann gingen

wir zurück zu unserem Waggon, und gleich darauf fuhr der Zug ab.
Der strenge Unteroffizier fragte Hubert: »Was ist denn mit dir, du gehörst nicht hierher.«
»Ich gehöre sogar sehr gut hierher, ich war nämlich immer drin.«
»Das ist nicht wahr.«
»Jungens«, rief Hubert, »war ich nicht immer drin?«
Die meisten schwiegen und sagten nichts, aber die acht, die aus unserem alten Waggon waren, riefen: »Klar, er gehört hierhin.«
»Aber wir sind nur mit vierundzwanzig gemeldet«, sagte der strenge Unteroffizier.
»Das ist ein Irrtum.«
»Es gibt keine Irrtümer.«
»Es ist aber ein Irrtum.«
»Wir waren eben doch auch fünfundzwanzig«, sagte ich.
»Halten Sie den Mund!«
»Weil Sie sich doch gar nicht mitgezählt haben«, sagte ich.
»Sie sind ja betrunken!« rief der strenge Unteroffizier, und jetzt wußte ich, daß er wirklich ein Schulmeister war.
»Die Sache muß geklärt werden«, sagte er zu Hubert.
»Ist schon geklärt«, sagte der und setzte sich.
»Ich bin verantwortlich.«
»Du bist ein Arschloch.«
»Das verbitte ich mir in Gegenwart von Mannschaften.«
»Und doch bist du eins.«
»Ich werd's dem Arzt melden.«

»Und ich hab's dem Arzt schon gemeldet.«
»Was gemeldet?«
»Daß du ein Arschloch bist.«
Alle lachten, und der strenge Unteroffizier setzte sich auch. Es war jetzt acht oder neun Uhr.
Ich fühlte mich prachtvoll, und wir tranken Wein. Ich fand, daß es draußen schon richtig ungarisch aussah, aber wir waren noch in Rumänien. Es waren Bauern auf den Feldern, und die schwenkten die Hüte und riefen uns etwas zu, das ungarisch klang.
Aber dann hielten wir auf dem Bahnhof einer sehr großen Stadt, und wir waren doch noch in Rumänien. Ich dachte mit Schrecken, daß wir hier vielleicht abgehängt würden und daß ich also nicht einmal bis Ungarn zurückkäme.
Jetzt kommt der Arzt, dachte ich, und Hubert hat gar nicht mit dem Arzt gesprochen, und es kommt alles raus.
Der Arzt kam. Es war ein ganz junger. Er lachte. Er freute sich wohl, daß er den Zug hatte und mitfahren konnte, vielleicht bis in den Wiener Wald.
»Wie geht's, Jungens«, rief er, »hat einer Schmerzen?« Und der strenge Unteroffizier wollte eben den Mund aufmachen, da sahen sich Hubert und der Arzt an, und beide lachten.
»Kramer«, rief der Arzt, »was machst du denn hier, hat's dich wieder erwischt?«
»Ja, Berghannes, sie haben mich wieder erwischt«, und er sprang raus und ging mit dem Arzt auf dem Bahnsteig auf und ab. Der strenge Unteroffizier machte ein ziemlich blödes Gesicht, aber dann gab's wieder zu essen, und er hatte die

Portionen zu verteilen. Weißbrot und Käse und wieder eine Rolle Drops, und ich aß mit großem Appetit. Hubert spazierte mit dem Arzt auf dem Bahnsteig, bis wir abfuhren.

»Scheiße«, sagte er, »wir kommen nur ganz vorne nach Ungarn rein.«

»Wer sagt's?«

»Der Arzt.«

»Scheiße.«

»Ja. Scheiße, aber es gibt vielleicht 'ne Masche«, er lachte.

»Was für 'ne Masche?«

»Vielleicht können wir umsteigen zu den *Liegenden*, wenn sie wieder welche ausladen müssen.«

»Dann fahren wir in den Wiener Wald.«

»Scheiße, Wiener Wald, der ganze Zug geht nur nach Debrecen.«

»Nun ja, Debrecen ist nah an Budapest.«

»Hoffentlich klappt's.«

»Kennst du den Arzt gut?«

»War mit ihm auf der Universität.«

Au, dachte ich, der war auf der Universität. Ich sagte kein Wort mehr. Er hielt mir eine Pulle hin. Wir fuhren jetzt in die Karpaten rein, mitten hinein. Es war warm, und der Schnaps schmeckte herrlich nach Aprikosen.

»Warum sagst du nichts mehr?«

»Och ...«

»Los, was ist denn los?«

»Ich dachte, daß du doch ein besseres Tier bist, wenn du auf der Universität warst.«

»Scheiße, sag ich dir, stell dir nichts zu Dolles vor von den Universitäten, was bist du denn?«

»Ich bin Ofensetzer.«

»Sei stolz und froh, daß du 'nen Ofen anständig aufsetzen kannst, daß er zieht und daß die Leute warm werden und drauf kochen können. Das ist doch ein feines und sehr schönes Handwerk, mein Lieber. Da, trink, aber 'nen großen Schluck.«

Ich trank 'nen großen Schluck.

»Aber auf großen Universitäten, da lernen sie Arzt und Richter und Lehrer, das sind doch verdammt hohe Tiere«, sagte ich.

»Viel zu hohe Tiere. Sie sind eben nur hohe Tiere, weil sie die Nasen hoch tragen, das ist alles. Scheiß doch was drauf.«

»Bist du denn Arzt oder Lehrer oder Richter?«

»Ne ... ich bin ja nicht fertig geworden, ich wollte Lehrer werden, aber sie haben mich zum Soldaten gemacht.«

»Nu ja, auf der Universität können sie die Dümmsten nicht gebrauchen ...«

»Sag's nicht, manchmal sind ihnen die am liebsten.«

»Kann's nicht glauben ...«

Er zeigte auf den strengen Unteroffizier und sagte: »Guck dir den an: Das ist'n braver Staatsbürger. Der glaubt selbst, daß er alles um des Staates willen tut, aber in Wirklichkeit geht's ihm um seinen Staatsbürgerbauch und seinen Arsch. Der frißt gern gut und ist ein bißchen feige. Und schnauzt gern die Leute an. Im Grunde denkt er nur an sich. Der hat Angst, weil ich eingestiegen bin, könnte er rausgeschmissen

werden, denn er hat ja nur die Gelbsucht, und ich bin doch immerhin in Ehren verwundet worden. Bin ich's nicht?«
»Du bist's.«
»Nu ja. Der Staat hat diese Burschen gern, obwohl er weiß, daß sie nur an sich denken. Er gibt ihnen 'ne Stellung, wo sie was zu sagen, aber auch zu verlieren haben, und schon ist's gut. Ich scheiß auf alles. Die werden sich wundern, wozu ich fähig bin.«
Er nahm wieder 'nen Schluck Schnaps, und ich dachte, daß er vielleicht ein bißchen viel gesoffen hatte.
»Was machst du eigentlich da?« rief er dem strengen Unteroffizier zu, der irgend etwas auf einem Stück Papier auf seinen Knien ausrechnete.
»Ich zähl' meine Sturmtage und meine Nahkampftage«, sagte der ganz bescheiden.
»Was für Sturmtage?«
»Meine Sturmtage.«
»Wo hast denn du gestürmt und nahgekämpft?«
»Oben, weißt du, bei Kischinew.«
»Bei Kischinew? Bei welchem Haufen denn?«
»Bei den Panzern, weißt du.«
»Da hast du nahgekämpft und hast gestürmt, was? Du siehst mir verdammt stürmisch aus, mein Lieber!«
Der strenge Unteroffizier wurde rot. Und er tat mir fast ein bißchen leid.
»Na«, sagte er, »... immerhin, ich kann es dir ja zeigen. Ich bin an drei Sturmtagen vorne gewesen und hab's Essen gebracht... und hab Verwundete mit zurückgenommen.«

»Du bist ein Schwein, sage ich dir, und hast den Landsern die Portionen weggefressen und den Verwundeten die Wertsachen aus den Taschen geklaut, so einer bist du.«
»Du, das verbitte ich mir. Hör auf, du bist ja besoffen.«
»Klar, Besoffene sagen die Wahrheit. So'n Schwein bist du. Hier«, sagte er plötzlich und riß sich alle Auszeichnungen von der Brust, »hier hast du's EK eins und's Sturmabzeichen und's Nahkampfabzeichen, mir hängt's schon lange zum Halse heraus.« Er war jetzt total besoffen. Ich schnappte ihn mir und legte ihn flach auf die Decke.
»Du siehst doch«, sagte ich, »der ist ja voll.«
Der strenge Unteroffizier sagte nichts. Ich nahm die Orden von der Erde auf und steckte sie in die Tasche. Keiner sagte ein Wort.
Wir fuhren jetzt durch eine herrliche Gegend, prachtvolle Berge und schöne Dörfer und Städtchen. Es war fast Mittag, und wir fingen an, unser Weißbrot und unseren Büchsenkäse zu essen und hatten alle Durst. Wir hielten an einer kleinen Station, und einer fragte den Unteroffizier, ob wir uns etwas zu trinken holen könnten.
»Ich sag nichts mehr.« Ich glaube, er war immer noch irgend etwas auf den Knien am Ausrechnen, »ich sag nichts mehr. Ich hab euch ja die Portionen weggefressen und die Wertsachen aus den Taschen geklaut. Ich sag nichts mehr.«
Ich glaub fast, er war nahe daran zu weinen, und nun war ich ganz sicher, daß er ein Schulmeister war.
»Mach keinen Quatsch«, riefen ein paar, »er war doch besoffen.«

»Besoffene sagen die Wahrheit...«
»Kapo, sei nicht blöd, es war ja gemein von ihm.«
»Nee, ich bin ja ein Schweinehund.«
»Komm, sei wieder brav, wir glauben's ja nicht.«
»Ich hab meine Pflicht ja nicht getan.«
»Hast du, hast du... komm, Kopf hoch. Er ist ja total besoffen.«
»Also können wir uns was zu trinken holen...«
»Es ist ja verboten... und wenn der Zug plötzlich anfährt, kommt ihr nicht mit... aber ich bin ja nicht verantwortlich. Er kennt ja alle Ärzte per du, und mich hat er gleich durchschaut.«
Ein paar stiegen aus, liefen zu einem nahen Haus und kamen mit Wasser und einer Kaffeesuppe wieder. Sie gaben zuerst dem Unteroffizier etwas zu trinken. Einer wollte ihm einen ganzen Becher vollmachen.
»Halt«, sagte der, »denk an die Kameraden.«
Dann stiegen die anderen auch aus, und er sagte lachend: »Ich bin ja nicht mehr verantwortlich, das ist schön, wenn man nicht mehr verantwortlich ist. Der Verantwortliche schläft und ist besoffen. Das ist die richtige Dienstauffassung.« Sie blickten jetzt alle sehr böse auf den schlafenden Hubert. Er schlief ganz ruhig, aber auf seinem Gesicht war ein gequälter Zug, und ich sah ihn mir jetzt zum ersten Mal genau an. Er war älter als ich, bestimmt sechs, sieben Jahre älter. Mindestens fünfundzwanzig. Er war hellblond und hatte ein schmales Gesicht und sah schlecht aus. Nun ja, er hatte ganz schön gesoffen die letzten Tage.

Dann kam der junge Arzt wieder und rief »Kramer«, ich zeigte auf Hubert, und er sagte: »Laß ihn schlafen ...«, und dann sagte er zu uns: »Ihr könnt hier ruhig ein bißchen aussteigen, die Lok ist kaputt. Das kann etwas dauern.«
Es war eine sehr kleine Station. Das Stationshaus sah regelrecht verschlafen aus, es roch nach Harz und reifem Mais. Viel Holz lag herum und Stapel von Eisen und undefinierbaren Gegenständen, wie sie auf fast allen Stationen irgendwann liegenbleiben. Der Zug stand ohne Lok da wie eine Schlange ohne Kopf. Kein Mensch war zu sehen.
Ich schnupperte ein bißchen, und dann roch ich plötzlich, daß Sonntag war. Es roch nach Nichtstun. Ich ging am Bahnhof vorbei, wo sie sich alle wie die Fliegen in die Kneipe stürzten.
Es roch so herrlich nach Sommer und Sonntag, und dann hörte ich eine Schluchzgeigenmusik, die mich ganz verrückt machte. Kein Hund war auf der staubigen Straße, kein Mensch zu sehen.
Aha, dachte ich, jetzt haben sie sich den Bauch voll Gulasch geschlagen, und jetzt pennen sie, und einer spielt die Geige. Die Musik kam aus einer ganz kleinen Kneipe, und ich spürte gleich, daß ich durstig war und ging in die Kneipe rein ...
Drinnen saßen nur ein paar dunkle Burschen auf ärmlichen Stühlen und sahen eigentlich schlecht aus, sehr mager und ein bißchen gelb, und ich dachte, daß sie doch vielleicht nicht alle Gulasch gegessen hätten. Und einer stand gegen die Theke gelehnt und ließ die Geige schluchzen.

Ich guckte ganz erstaunt auf die Geige, denn ich meinte, die Tränen müßten nur so an ihr runterrinnen, aber die Geige war ganz trocken. Auch die Burschen sahen furchtbar ausgetrocknet aus. Vielleicht kommt's von dem vielen Paprika, dachte ich. Ich war noch nie in Ungarn gewesen, und ich dachte, sie äßen alle viel Paprika und Gulasch und ließen die Geigen schluchzen. Nur der Mund von der hübschen dicken Frau hinter der Theke war feucht, und als ich nun rein kam und rief: »Tag Kameraden«, da lachten sie und riefen irgend etwas Freundliches auf ungarisch, und die Frau war ganz besonders nett und sagte sogar: »Guter Tak.«

Ich ging auf die Theke zu. Der Bursche ließ die Geige weiter schluchzen und lächelte mir freundlich zu.

»Könnt' ich bitte ein Glas Wasser haben«, sagte ich sehr höflich, denn ich hatte keinen Pfennig in der Tasche. Die Frau lachte, so wie wir auch manchmal lachen, wenn einer ganz und gar ausländisch spricht. Dann sagte sie, und es gurrte in ihrem schönen, glatten Hals wie bei einer Taube: »Bor.«

Aber ich wollte kein Borwasser und sagte es ihr, da lachte sie noch mehr und hatte ganz herrliche Grübchen in ihrem schönen Gesicht. Dann sagte sie: »Birr.«

Ich schüttelte den Kopf und sagte: »Nix Pengö ich«, und verlangte hartnäckig Wasser. Derweil hatte ich die Hände in die Tasche gesteckt und dem Bengel zugehört. Auch die anderen hörten ganz fasziniert dem geigenden Bengel zu, und nur wenn ich sie ansah, lächelten sie. In meiner Tasche entdeckte ich aber noch ein ganz neues, fabrikfrisches

Wehrmachtstaschentuch, so ein grünes, und das hielt ich der Wirtin hin und fragte: »Wieviel Pengö du?«

Ich find's herrlich, daß man sich mit du ansprechen kann. Aber sie schüttelte gleich den Kopf, und ich merkte, daß ich nicht mehr in Rumänien war. In Rumänien konnte man jedem alles verkaufen. Die Frau wurde ganz ernst, und ich wurde auch traurig, weil ich dachte, ich hätte sie beleidigt, aber sie lächelte gleich wieder, stellte mir eine Flasche und ein Glas auf einen Tisch und deutete mir, ich sollte mich setzen.

»Du nix Pengö«, sagte sie aufmunternd.

Ich setzte mich neben einen von den dunklen Burschen und hörte dem Schluchzer zu.

Ich fand's grausam traurig und schön; es roch gleichsam nach wilden Küssen und vergossenen Tränen wegen eines gebrochenen Herzens. Ich fühlte Tränen kommen, aber dann machte ich die Flasche auf und goß ein wunderbares braunes Bier in das Glas. Mir lief das Wasser im Munde zusammen. Der Schluchzer machte gerade eine kleine Pause, und ich erhob mich, hielt das Glas in die Höhe und rief: »Zuerst, ihr ungarischen Kameraden, trink ich auf die schönste der Frauen«, dabei hob ich das Glas gegen die Wirtin.

»Und dann«, sagte ich und neigte mich gegen den Schluchzer, »trink ich auf dich, Kamerad, du schluchzt wie ein Schluchzgott. Ich will dich nicht veräppeln, das liegt mir fern, aber schluchz dich durch und scheiß auf alles. Und nun trink ich auf euren ausgedörrten ungarischen Populus, nehmt's mir nicht übel, aber ich weiß nichts mehr zu sagen.«

Und ich trank das ganze große, herrliche Glas aus, und es schmeckte so gut, daß ich mich vor Lust fast verschluckte. Meine Rede hatte großen Beifall gefunden. Sie schienen mich richtig verstanden zu haben, sie lachten wie die Kinder und tranken mir zu.

Einer kam auf mich zu, goß mein Glas voll, und ich mußte es ganz leer trinken, und sie hatten sofort eine neue Flasche bei der Hand, und ich trank auch diese Flasche schnell leer. Das Bier war wirklich herrlich, und es war so warm draußen, und es war Sommer, und ich war in Ungarn, und sie konnten mir gar nichts wollen, und ich würde schon hören, wenn der Zug pfiff, so daß ich schnell noch laufen und aufspringen konnte. Ich war bald ein bißchen besoffen und bedauerte, daß ich kein Geld hatte, um mich bei meinen ungarischen Freunden zu revanchieren. Aber sie lächelten immer nur, wenn ich durch Gesten entsprechende Andeutungen machte, und vor allem die Wirtin war lieb zu mir. Ich glaube, sie hatte mich gern, ich hatte sie auch gern, wenn sie auch viel älter war als ich, aber sie war lieb und gastfreundlich zu mir, und sie war eine schöne Frau, ein Prachtweib von einer ungarischen Wirtin ...

Nach der vierten Flasche fing ich an, auf Hitler zu schimpfen. »Kameraden«, rief ich pathetisch, »Hitler ist ein Arschloch.« Sie fanden es ganz richtig und trampelten vor Freude auf den Boden, und der Schluchzer war ganz entzückt von meiner Rede, er griff zur Geige und ließ eine ganz wilde revolutionäre Schluchzerei hören. Es war ganz halsbrecherisch, wie der Bursche auf der Geige rumhantierte. Plötzlich aber packte mich einer von meinen neuen Kumpels am Arm und machte: »Pst, Pst«, und sie alle waren sofort still, und ich hörte von da, wo der Bahnhof sein mußte, ein lautes Rufen. Mir wurde ein ganz klein bißchen schlecht, aber ich dachte mir, daß nur böse Menschen es eilig haben, und erhob mich: »Kameraden, die Stunde des Abschieds ist gekommen, nehmt mir's nicht übel, aber ich möchte doch gerne möglichst weit nach hinten in ein Lazarett, und nahe an Deutschland, sonst würde ich ja den ganzen Sommer hier sitzen und Bier trinken und dem Schluchzen zuhören. Nehmt mir's nicht übel.« Sie verstanden es gut und drängten mich zur Eile. Ich lief schnell zu der Wirtin und wollte ihr die Hand küssen, sie stieß mich aber nekkisch zurück...

Die Allee war sehr schön kühl und roch doch nach Sommer und Sonntag und nach Ungarn. Dichte Kastanienbäume, die üppig und dick aussahen wie das prachtvolle Bier. Ich merkte gleich, wie besoffen ich war, die Allee schien ein bißchen zu schwanken.

Der Zug war noch da. Es war keiner zu sehen, aber da rief irgendwo jemand: »Da ist er ja«, und ich sah sie alle aus den beiden Waggons zusammen, und der Arzt war bei ihnen. Der Arzt war böse; es war der, den Hubert geduzt hatte. Er war böse, gereizt und aufgeregt, und ich dachte, er wär's wegen mir, weil ich doch weg war, aber er war's gar nicht wegen mir.

»Wo kommen Sie her?« rief er streng, ließ mich aber gar nicht antworten, sondern sagte nur: »Treten Sie ins Glied.« Ich trat ins Glied, und die anderen lachten, weil sie doch sehen konnten, daß ich richtig besoffen war. Der Arzt guckte uns alle streng an, dann sah er auf einen Zettel und sprach ziemlich pathetisch: »Kameraden, ich habe Ihnen eine Mitteilung zu machen, die Sie alle interessieren wird. Wir haben's als Sondermeldung im Radio durchbekommen, und ich möchte es Ihnen nicht vorenthalten.«
Er guckte uns alle noch einmal ernst an, dann fuhr er fort: »Heute, in den frühen Morgenstunden, sind die vereinigten englisch-amerikanischen Streitkräfte an der Westküste Frankreichs gelandet. Der Kampf ist in aller Heftigkeit entbrannt. Kameraden, in dieser ernsten Stunde, wo sich uns die feigen Lügner endlich stellen, wollen wir nicht versäumen, ein dreifaches ›Sieg Heil‹ auf unseren Führer auszurufen, dem wir alles verdanken. Kameraden, Sieg...« – »Heil«, riefen wir. Und so machte er es noch zweimal mit uns. Dann war's ganz mäuschenstill, und in diese Mäuschenstille hinein rief Hubert plötzlich: »Hurra, hurra, hurra!« Wir blickten erschreckt und entsetzt auf, auch der Arzt. Hubert stand ganz verschlafen an der Waggontür, mit Falten im Gesicht und Strohflusen am Rock.
»Was soll das heißen, Kramer?« rief der Arzt wütend.
»Herr Oberarzt, weil sie sich jetzt stellen, verstehen Sie, deshalb ruf ich hurra, jetzt werden wir sie schlagen, gründlich schlagen, und dann ist der Krieg aus, hurra, hurra, hurra!«

Er strahlte über das ganze Gesicht, und auch der Arzt und wir anderen lachten.
»Wegtreten«, sagte der Arzt, »und keiner entfernt sich vom Zug, die Lokomotive kann jeden Augenblick kommen.«
Hubert sprang aus dem Waggon und ging auf ihn zu, und ich sah, daß sie miteinander sprachen. Die andern krochen in den Waggon zurück, manche setzten sich auf die Eisenstapel, aßen Käsebrote und tranken kalten Kaffee, denn sie hatten keine Pengö.
Ich hielt mich in der Nähe des Bahnhofausgangs und wartete auf Hubert, er mußte mir Geld geben oder mit mir gehen, und dann wollten wir die Ausgedörrten und den Schluchzer freihalten, bis die Wirtin nichts mehr hatte von dem prachtvollen Bier.
Hubert schlug mir auf die Schulter und sagte leise zu mir: »Zwei Stunden mindestens noch, aber ich soll's keinem sagen. Bist du besoffen?«
»Ja.«
»Wovon?«
»Von Bier.«
»Ist's gut?«
»Herrlich«, sagte ich.
»Los«, sagte Hubert, »wo ist die Kneipe?« Wir verdrückten uns schnell, aber dann, als wir in die schöne kühle Allee gekommen waren, gingen wir langsamer. Es war warm und sommerlich, und wir waren verwundet, und sie konnten uns gar nichts wollen, wir waren in einem richtigen Lazarettzug, mein Gott, wie herrlich das war.

»Hör mal«, sagte Hubert, während wir weitergingen, »weißt du auch, daß wir 'nen richtigen handfesten Grund haben, uns zu besaufen?«
»Nee«, sagte ich.
»Mensch«, sagte er, »sie sind doch gelandet, jetzt geht's dem Ende zu, sag ich dir, unweigerlich dem Ende zu. Jetzt dauert's wenigstens nicht mehr so unabsehbar lange.«
»Der Krieg?« fragte ich.
»Klar, Mensch, der Krieg. Jetzt geht's zu Ende, paß mal auf.« Hubert blieb plötzlich stehen und faßte mich am Arm: »Sei mal still!« Wir hörten das Schluchzen.
»Das ist doch in der Kneipe«, sagte ich lachend.
»In unserer Kneipe?«
»Ja«, sagte ich, und Hubert wieder. »Hurra, hurra, hurra!« Und jetzt liefen wir.
Die Ausgedörrten empfingen mich mit lautem Lachen, auch der Schluchzer unterbrach sein Spiel und nickte mir zu. Und die Wirtin, meine dicke, schöne Wirtin, war direkt entzückt, mich wiederzusehen. Ich sah's ihr an. Ich hielt ihnen eine kleine Rede und stellte ihnen meinen Freund Hubert vor, und sie hatten ihn gleich ins Herz geschlossen. Hubert bestellte sieben Flaschen Bier für die drei Ausgedörrten, für den Schluchzer, für die Wirtin und für uns zwei. Er schlug einen ganzen Packen Scheine auf den Tisch, und ich sah es den Augen der Ausgedörrten, ihren großen und sehr schamhaft guckenden Augen sah ich an, daß sie arm waren, und ich war gerührt, daß sie mir Bier spendiert hatten.

Hubert ging rund und füllte allen die Gläser, und dann sprang er auf einen Stuhl, hob sein Glas.
»Kollegen«, rief er, »und meine liebenswerte Kollegin, pardon. Ist es nicht ganz herrlich, daß wir Menschen sind? Ist es nicht wunderbar, daß wir Brüder sind, und ist es nicht gräßlich, daß die Schweine den Krieg angefangen haben, in dem sie uns gerne kaputtschießen wollen? Aber wir sind Menschen, und wir wollen uns an ihnen rächen, indem wir Brüder bleiben, indem wir sie beklauen und bescheißen – pardon, meine Schönste –, daß ihnen die Spucke wegbleibt. Kumpels«, rief er, »ungarische Kumpels, wir sind Menschen, vergeßt das nicht. Und nun sauft!« Er trank sein Glas leer, und auf seinem Gesicht war ein ganz erstaunter Ausdruck: »Kinder«, rief er dann, »das Bier ist wirklich prachtvoll.«
Die Begeisterung aller war groß. Wir umarmten uns, und ich dachte schon, daß ich nun vielleicht auch die schöne Wirtin einmal küssen könnte, aber sie stieß mich lachend zurück, und ich sah, daß sie rot wurde.
Verdammt, dachte ich, du bist vielleicht ein Schwein, sie ist verheiratet und hat ihren Mann gern, und du junger Schnösel willst sie küssen. Und dann stand ich auf und hielt wieder eine kleine Rede, in der ich mich entschuldigte und mich als Schwein bezeichnete. Sie verstanden mich alle gut, auch die Wirtin, die mir verzeihend zulächelte.
Auch die Ungarn hielten Reden und sagten, daß wir Brüder seien und Hitler und Horthy Schweine, und sie spuckten auf die Erde und schütteten ein bißchen Bier drauf. Jedes-

mal, wenn die Wirtin neues Bier brachte, machte sie sieben Striche an eine Tafel, und ich sah bald, daß es eine ganze Menge Striche waren. Wir hatten sehr viel Spaß miteinander, erzählten uns die tollsten Dinge, ohne ein Wort zu verstehen, und verstanden uns glänzend.
Der Schluchzer spielte ein Stück, das wie Wein und Seide klang, dunkle Seide und schwerer Wein, und als der Schluchzer zu Ende war, rief Hubert plötzlich laut: »Tokayer!« Aber jetzt merkten wir, daß die Wirtin nicht mehr da war. Hubert nahm dem Schluchzer sanft die Geige ab, und führte ihn zu einem Stuhl. Er schlief sofort ein.
Ich sah's ganz gut, daß Hubert ihm einen Packen Scheine in die Tasche steckte. Hubert hatte wirklich unheimlich viel Geld, und ich nahm mir vor, ihn doch mal zu fragen, was er eigentlich verscheuert hätte. Hubert nahm die Geige, spielte, und die Ausgedörrten tanzten dazu.
Ich hatte eigentlich Lust, wieder eine Rede zu halten, ich hatte soviel auf dem Herzen, aber ich wußte einfach nicht, wie ich anfangen sollte.
Dann kam die Wirtin mit einer Schüssel mit aufgeschnittenem kalten Braten und Brot, und wir aßen, und sie sah uns mit glücklichem Lächeln zu. Die Ausgedörrten aßen ganz manierlich, und ich dachte mir, daß sie Hunger hatten, richtigen Hunger, und es schmeckte ganz herrlich, der kalte Braten und das Weißbrot, und wir tranken Wein dazu, und ich wußte inzwischen, daß »Bor« Wein war, das einzige ungarische Wort, das ich kannte.
Wir ließen für den Schluchzer Brot und Fleisch auf dem

Teller, und ich deckte mein neues, grünes Taschentuch darüber, damit die Fliegen nicht drankamen. Nach dem Essen schliefen zwei der Ausgedörrten ein, sanken in die Stühle und schlossen die Augen, waren weg, waren weg wie Blei, und ich dachte mir, daß sie wohl die ganze Woche schwer gearbeitet hatten, irgendwo im Wald, beim Holzschlagen oder bei den Bauern.

Hubert stand schließlich auf und sagte: »Wir müssen gehen.« Er ging an die Theke, und die Wirtin zählte alle Striche zusammen und rechnete lange herum.

Ich verschwand noch einmal schnell nach hinten raus und fand es nett von der schönen Wirtin, daß sie mir nachkam. Sie guckte mich traurig an und sagte was sehr Zärtliches zu mir, indem sie mir über den Kopf strich, sie sagte sicher was Verrücktes zu mir, wie Frauen zu ganz kleinen Kindern sagen. Und dann gab sie mir plötzlich einen Kuß auf den Mund, und ich sah, daß sie ganz rot wurde und schnell wieder in der Kneipe verschwand.

Ich ging durch den Garten raus, und ich fand die Allee noch schöner, ich war wieder besoffen, und die ungarische Frau hatte mich ganz flink geküßt! Ich glaube, ich liebte sie, aber ich weiß nicht mehr, ob ich sie liebte oder den schönen flinken Kuß, es ist auch egal, ich war sehr glücklich, und ich kam mir entsetzlich jung vor, weil ich doch besoffen war und verwundet, und ich spürte plötzlich, daß mein ganzer Rücken von Eiter klebte.

Die Allee war schön, und ich wünschte, daß sie nie zu Ende ginge. Es roch süß und ein bißchen staubig nach Ungarn,

nach Sommer und Sonntag, und ich fand es prächtig, daß meine Wunde eiterte, sie sollte nur nicht schnell heilen. Ich würde saufen, saufen ... dann heilt es nämlich nicht so schnell, weil das Blut zersetzt wird, ja, das hatten sie mir alles im Lazarett gesagt, als ich das erstemal verwundet war, aber in Deutschland gab es nichts zu saufen, und meine Wunde war damals schnell geheilt.
Ich fand den Zug scheußlich, wie er da so nüchtern in den Gleisen stand, in der Hitze des Nachmittags, und ich wurde traurig und hatte Lust, zurückzugehen und die ungarische Frau noch einmal zu küssen.
Ich war ziemlich besoffen, ich merkte es, als plötzlich die Lok pfiff und ich laufen mußte. Als ich aufsprang, stolperte ich, mußte mich abstützen, dabei platzte mein Verband. Ich fühlte, wie der Eiter warm meinen Rücken in die Unterhose hinunterlief. Alle lachten, wie ich mir so den Rücken runter und zur Hose fühlte, als wenn ich in die Hose geschissen hätte. Ich riß mir den Rock runter und zog das Hemd aus. Ich legte mich mit dem Bauch auf einen Strohsack. Hubert warf das Hemd in vollem Bogen aus dem Zug raus. »Das soll die ungarische Erde düngen!« sagte er.
Der andere Unteroffizier kniete sich neben mich und putzte mir den Rest der Soße ab, und dann machte er mir einen Verband. So geschickt war ich noch nie verbunden worden. Er packte einen dicken, sauberen Tampon in das Loch im Rücken, umwickelte alles fein mit Mull, und zuletzt rollte er noch ein ganzes Verbandspäckchen drum und schnürte es vorne auf meiner Brust zusammen.

»Das nennt man Rucksackverband«, sagte er.
Hubert blickte ihn an. »Komm«, sagte er, »gib mir die Hand, du altes Arschloch.« Sie gaben sich die Hand und lachten.
»Ich stifte Schnaps«, rief mein Unteroffizier, »und wir singen etwas.«
Er ließ die Flasche rumgehen, und ein dicker Infanterist fragte: »Was sollen wir denn singen?«
»Auf, ihr Huren von Damaskus«, schlug Hubert vor.
Wir sangen das prachtvolle Lied »Auf, ihr Huren von Damaskus«. Es hatte siebzehn Strophen und eine vollkommen unmilitärische Melodie, und zwischendurch tranken wir Schnaps.
Der Suppentopf in meinem Rücken fing ganz langsam wieder an zu brodeln, ganz langsam füllte er sich wieder mit Brühe, und – ich kann's nicht anders sagen – das war ein ganz kitzeliges Wohlgefühl.
Raus mit dem Dreck, dachte ich, jetzt kannst du ruhig gesund werden, solange das prachtvolle Loch dich sowieso untauglich macht.
Hubert war ganz begeistert, wie der Zug so schnell fuhr. Er stand in der offenen Tür und schrie immer: »Fahren ... weiter ... fahren ... bis nach Deutschland ...«
Ich setzte mich neben ihn und ließ die Beine rausbaumeln und blickte in die lachende ungarische Landschaft, und es war herrlich, wenn manchmal buntgekleidete Leute dastanden und uns winkten.
Ich hatte einen ganz langen Virginiastumpen im Mund, und es schmeckte wunderbar bitter und mild, und in meinem

Rücken kochte, kochte das Süppchen aus Eiter und Blut und Tuchfetzen und Granatsplitterstückchen.
»Kumpel«, sagte der Infanterist zu mir, »du hättest das Hemd nicht wegschmeißen sollen.«
»Wie?« sagte ich.
»Waschen«, sagte er, »kalt waschen und verscheuern ... für Wäsche geben sie hier viel ...«
»Warst du schon mal hier?«
Er nickte, zog an der Pfeife und stieß den Rauch aus.
»Ja«, sagte er, »ich war mal hier, bei meiner letzten Verwundung, hier kannst du alles kaufen, was es gibt. Du mußt nur Pengö haben. Und Pengö bekommst du nur durch Verscheuern. Zu fressen und zu saufen haben sie genug, aber Wäsche und Schuhe, da sind sie scharf drauf.«
Er zog wieder an der Pfeife.
»Ja«, sagte er, »für so'n Hemd, wenn's gewachen wäre, hättest du deine zwanzig bis dreißig Pengö direkt gekriegt, und das sind mindestens zwei Pullen Schnaps ... dreihundert Zigaretten ... oder drei Weiber ...«
»Weiber auch?«
»Ja«, sagte er, »Weiber sind hier teuer, weil sie selten sind. Auf der Straße schon gar nicht ...« Er wurde plötzlich lebhafter, blickte raus, beugte sich vor und sagte: »Hallo, wir halten.«
Wir hielten tatsächlich. Auf der Rampe am Güterbahnsteig standen Autos mit roten Kreuzen. Hubert war ganz nahe zu mir getreten. »Jetzt«, sagte er ganz leise zu mir, »jetzt kommt's drauf an.«

Schon kam der Feldwebel gelaufen und schrie uns zu: »Alles raus ... alles raus, ihr werdet hier ausgeladen!«
»Scheiße«, sagte der dicke Infanterist, »wir sind ja kaum aus Rumänien raus. Das liegt ja ganz nahe bei Kronstadt hier.«
»Kennst du das Nest?« riefen ein paar.
»Klar«, sagte er, »das heißt Siebenheiligegeorge. Das war früher rumänisch. Piß, ich dachte, wir wären doch ein bißchen näher nach Hause gekommen.«
Wir stiegen alle aus und standen auf dem Bahnsteig, bis der Arzt kam. Wir mußten an ihm vorbei, und er notierte etwas auf dem Verwundetenzettel.
»Das heißt entweder Lazarett oder Krankensammelstelle«, sagte der dicke Infanterist.
Hubert stand vor mir in der Schlange. Als wir dran waren, blickte der Arzt auf.
»Sie fahren weiter«, sagte er zu Hubert, »es hat keinen Sinn, Sie mit einer solchen Verwundung hier hinten liegen zu lassen. Der«, wies er den Feldwebel an, der neben ihm stand, »kommt auf den Platz von dem Doppelamputierten, den wir hier ausgeladen haben.«
»Der muß auch weiter«, sagte Hubert und zeigte auf mich.
»Wie?«
»Mein Kumpel, weißt du«, sagte der Unteroffizier, »wir haben siebzehn Sturm- und fünfundzwanzig Nahkampftage nebeneinander in der Scheiße verbracht, und der Junge hat ein Riesenloch im Kreuz.«
Der Arzt blickte mich an, und ich dachte, jetzt ist Feierabend, jetzt laden sie dich hier aus, und der ganze Flatschen

lohnt sich gar nicht, du hast kein Geld mehr, kannst nicht mehr saufen, und es heilt alles im Nu. Dann bist du in zwei Monaten wieder vorne im Loch, und wer weiß, ob es noch einmal so gut geht.
»Hm«, machte der Arzt und blickte mich noch immer an. »gut, der kommt an die Stelle von dem schweren Bauchschuß, verstehen Sie?«
Der Feldwebel nickte und zeigte uns den Waggon, in den wir einsteigen sollten.
Ich hatte kein anderes Gepäck als die Hände in den Taschen, und es war herrlich so auf den Waggon zuzuschlendern, aber ich schämte mich doch, zurückzublicken, wo die anderen auf Lkws verladen und in die Stadt gefahren wurden.
»Moment«, sagte Hubert, als ich schon einsteigen wollte, »die Sache hat einen Haken, jetzt müssen wir im Bett liegen und können nichts mehr zum Saufen holen. Kommt doch mal mit ...«
Wir gingen über die Schienen zurück und traten vom Bahnsteig aus in die Bahnhofskneipe. Die war ganz leer, und es gab nichts als ein paar leere Biergläser mit vielen Fliegen und Hitze und schwülen Dunst von lauwarmem Essen. Er ging an die Theke und klopfte auf die Zinkplatte.
»Hallo«, rief er, »Kollege.«
Ich hatte den Raum durchquert und blickte auf die Straße hinaus: Da war ein sehr breiter, staubiger Weg, wo links und rechts flachdachige Häuser unter kleinen, alten Bäumen lagen.

Es war still und leer, bis plötzlich einer von den Lastwagen schnell und hart hineinsauste in diese Straße, daß der Staub zu beiden Seiten in einer Wolke hochstieg. Der Staub deckte den ganzen Himmel zu, hüllte den kleinen Kirchturm ein ... ich wandte mich ab.

Hubert stand an der Theke und verhandelte mit einer sauberen, alten Frau, die kein Wort verstand. Sie lachten beide. Die Frau griff unter die Theke und stellte eine Flasche darauf, ich trat näher und sah, daß es richtiger Sherry Brandy war.

»Noch eine«, sagte Hubert mit einer Handbewegung. Die nächste Flasche tauchte auf, es schien so etwas wie Aprikosenschnaps zu sein, dann richtiger englischer Whisky.

Als die Frau sechs Pullen vor uns aufgebaut hatte, schrieb sie mit Kreide einen Preis an den Pfeiler neben der Tür zur Küche, addierte dann schnell und zeigte die Summe: Hundertzweiundneunzig Pengö. Hubert bezahlte mit zwei Hundertpengöscheinen.

»Mensch«, fragte ich, »wie kommst du bloß an die Moneten?«

»Weiß der Teufel«, sagte er lachend, »wie ich drankomme?« Sie lagen, glaub ich, auf der Straße, und ich hab sie aufgehoben.«

In dem Lazarettzug war es so nobel, daß ich mir wie ein Verbrecher vorkam. Weiße Betten und eine nette, sanfte Schwester und immer Musik aus einem Radio.

Wir lagen auf Hochbetten, einander nahe genug, daß Hubert mir die Flasche reichen konnte.

»Damit es nicht heilt«, sagte er, »Prost!« Wir tranken ... Unter mir lag einer mit einem Oberschenkelschußbruch und unter Hubert einer, dem der linke Arm amputiert war. Wir ließen die beiden mittrinken. Der mit dem amputierten Arm war ganz redselig, als er zwei Sherrys getrunken hatte.
»Denkt euch nur«, sagte er, »der Arm war glatt durchgeschnitten, wie mit dem Messer. Ich denk mir, daß ein Splitter einfach durchgerast ist, aber er war nicht ganz ab. Er hing noch an einer Sehne, und ich hab überhaupt nichts gespürt. Ich bin aufgesprungen, der Leutnant hat mir aus dem Graben geholfen, und ich bin zum Arzt gerannt, und der Arm, der hat gebaumelt, wißt ihr, so wie die Bällchen, die man früher auf der Kirmes kaufen konnte, und es kam viel Blut, aber ich bin schnell gerannt. Der Arzt hat ›ritsch‹ gemacht mit 'ner Schere, einfach ›ritsch‹ ... so wie man beim Friseur ein lästiges Härchen abgeschnippt kriegt – und da lag mein Arm.« Er lachte. »Ich möchte nur wissen, wo sie ihn begraben haben ... gib mir noch einen. Der Arzt sagt, es wäre eine ganz unkomplizierte Sache, es würde prima heilen ...« Er trank ... »Willst du auch noch einen?« fragte er den, der unter mir lag.
»Nee, ich glaub, es ist nicht gut für mich. Mir ist schlecht.«
»Ich«, fuhr der mit dem einen Arm fort, »ich muß jetzt eigentlich das goldene kriegen. Was meint ihr? Ich war drei Wochen vorne, gleich am ersten Tag habe ich 'ne Schramme gekriegt, da ist Blut geflossen, das zählt doch, nicht wahr? Aber ich mußte vorne bleiben, und nach 'ner Woche hab ich wieder einen abgekriegt, unten am Bein ... wieder ist

Blut gekommen, das sind doch zwei Verwundungen, nicht wahr? Und jetzt das, das zählt doch als drei, eigentlich müssen sie mir das goldene geben, nicht wahr? Gib mir noch einen Schluck. Junge, mein Spieß beim Ersatz, der wird gucken, wenn ich mit dem goldenen und dem EK zum Ersatz zurückkomme, nach vier Wochen schon das goldene und das EK, denn das EK müssen sie mir doch dazugeben.« Er lachte. »Der wird gucken und wird die Schnauze halten, der hat nämlich immer gesagt, ich sei ein Schlot, ein ganz großer Schlot, und ich wäre der größte Schlot, den er je gesehen hätte. Der wird gucken, meint ihr nicht?«
Die Fenster waren abgedunkelt, aber man hörte das Treiben auf einem Bahnsteig, und als ich die Rollos etwas beiseite schob, konnte ich tatsächlich 'nen großen Bahnsteig sehen.
»Siehst du was?« fragte der mit dem einen Arm, »hier sind nämlich nur Schienen und Waggons.«
»Ja«, sagte ich, »einen Bahnsteig, da stehen Offiziere, Ungarn und Deutsche, und Frauen ... es ist dunkel ... da tragen sie ein paar raus.«
»Wie heißt die Station?« fragte Hubert.
Ich nahm erst einen Zug aus der Flasche, und dann suchte ich nach dem Schild, es mußte doch quer über dem Bahnsteig hängen, aber ich fand es nicht.
Die Schwester kam rein mit einem Sanitäter. Es gab Butterbrote und Kakao. Der mit dem Oberschenkelschußbruch fing schwer an zu stöhnen. »Scheiße«, schrie er die Schwester an, »ich will nichts zu fressen ... holt mir das Dreckseisen aus dem Bein! Ich scheiß auf euer Fressen, ich scheiß

auf euren Kakao, ich will keinen Kakao, genauso wenig, wie ich das Eisen ins Bein gewollt hab.«

Die Schwester war blaß geworden. »Aber«, flüsterte sie, »ich kann doch nichts dafür – warten Sie.« Sie stellte das Tablett auf einen Stuhl und lief in die Mitte des Waggons, wo ein kleiner weißer Tisch mit Medikamenten stand. Es war ganz still geworden, und alle hörten auf das Fluchen von dem Oberschenkelschußbruch.

»Kakao …«, fluchte er, »Kakao … da glauben sie, ich würde vor Entzücken schwachsinnig, weil ich in einem weißen Bett liege und Kakao zu saufen kriege. Ich habe weder Kakao noch diesen Schaukelstuhl gewollt, ich wollte auch kein Eisen im Bein … ich wollte zu Hause bleiben, ich scheiß auf … ich scheiß auf alles …« Er schrie jetzt, als wäre er verrückt geworden.

Die Schwester kam mit einer Spritze zurück.

»Helfen Sie mir!« sagte sie zu dem Sani, der stumm und blöde neben meinem Bett stand.

Die Schwester blickte auf die Fieberkurve. »Grolius«, sagte sie leise, »wollen Sie nicht vernünftig sein. Sie haben Schmerzen, nicht wahr? Ich …«

»'ne Spritze«, schrie der mit dem Oberschenkelschußbruch, »klar, 'ne Spritze … Aber«, er stöhnte plötzlich, »aber glaub nicht, daß ich vor Entzücken umfallen werde, weil ihr so gnädig seid, mir 'ne Spritze zu geben … gebt dem Führer 'ne Spritze!«

Es wurde mäuschenstill im Waggon. »Ja, gebt diesem Arschloch endlich 'ne Spritze!«

Es war ganz still, und die Schwester murmelte: »Er ist außer sich ... ja, er ist außer sich ...«
»Scheiße«, murmelte der Oberschenkelschußbruch ... ganz leise sagte er noch einmal: »Scheiße ...« Ich beugte mich runter und sah, daß er eingeschlafen war. Sein Mund hing bitter und fast schwarz im Gesicht zwischen rötlichen Bartstoppeln.
»So«, sagte die Schwester fröhlich, »jetzt wird abendgegessen.« Sie begann, Kakao und Butterbrote rundzureichen. Die Portion von dem Oberschenkelschußbruch wurde auf den Stuhl von dem Einarmigen gestellt.
Der Kakao war wirklich gut, und die Butterbrote waren mit Büchsenfisch belegt.
Nachdem sie uns versorgt hatte, blieb die Schwester mit dem leeren Tablett in der Tür stehen und fragte: »Sonst noch jemand was ... was Dringendes?«
»Tabletten«, schrie einer aus dem Fond des Waggons, »Tabletten! Ich hab Schmerzen.«
»Wie?« fragte die Schwester, »nein, jetzt nicht, in einer halben Stunde gibt es sowieso Tabletten für die Nacht.«
»Schwesterchen«, fragte Hubert, »wo sind wir hier eigentlich?«
»Wir sind hier in Nagykaroky«, sagte die Schwester.
»Scheiße!« schrie Hubert, »oh, verdammte Scheiße!«
»Was ist denn?« fragte ich.
»Weil wir doch nur bis Debrecen fahren. Höchstens noch die halbe Nacht. Dann kommt wieder so ein Scheißlazarett, wo man keinen Ausgang bekommt.«

»Wir kommen doch nach Wien, hab ich gehört?« fragte der Einarmige, »wie?«
»Quatsch«, rief einer, »nach Dresden geht der Zug.«
»Unsinn ... Wiener Wald ...«
»Ihr werdet ja sehen, in Debrecen ist Feierabend.«
»Wirklich?« fragte ich leise.
»Ja«, sagte er traurig, »komm, trink, ich weiß es doch.«
Aber ich wollte auf den Kakao keinen Likör trinken, wollte das wunderbare Wohlbefinden nicht zerstören. Ich rauchte eine Zigarette, legte mich vorsichtig zurück in die Kissen und blickte hinaus in die Nacht, ich hatte den Verdunkelungsvorhang ein bißchen zur Seite geklemmt und sah in die weiche, dunkelgraue Nacht, die vorüberzog. Der Zug fuhr wieder, es war still, und ich hörte nur das Stöhnen des schlafenden Oberschenkelschußbruchs. Hoffentlich schläft er bis Debrecen, dachte ich, hoffentlich hält der Einarmige die Schnauze von seinem goldenen und seinem Spieß ... und hoffentlich fängt nicht irgendwo hinten oder vorne einer an zu brüllen und Scheiße zu rufen, und wenn die Schwester kommt, laß ich mir den Puls fühlen, um ihre liebe Hand zu spüren, und wenn sie mir Tabletten geben will, laß ich mir die Tabletten von ihr in den Mund stecken, wie gestern, und ich habe ihren weißen, warmen Finger eine Zehntelsekunde auf den Lippen liegen.
Aber als der Sani das Geschirr wieder eingesammelt hatte, fingen sie an, die Schallplatten laufen zu lassen, Beethoven, und da fing ich an zu weinen, ich fing einfach an zu weinen, weil ich an meine Mutter denken mußte.

Mein Gott, dachte ich, ich laß es doch laufen, es sieht ja keiner. Es war fast ganz dunkel im Abteil, und wir wurden hin- und hergeschaukelt ... und ich weinte ... es war ja bald mein neunzehnter Geburtstag, und ich war schon zum dritten Mal verwundet, war schon ein Held, und ich weinte, weil ich an meine Mutter denken mußte ... Ich sah ganz deutlich die Severinstraße vor mir, so, wie sie war, als noch keine Bomben fielen. Ein gemütliches Wohnzimmer, sehr eng und warm und bunt, und es wimmelte von Leuten, von denen man nicht wußte, was sie alle da wollten. Und ich hatte die Mutter im Arm, und wir schwiegen, es war Sommerabend, und wir kamen aus dem Konzert ... und die Mutter sagte gar nichts, als ich mir plötzlich eine Zigarette ansteckte, obwohl ich doch erst fünfzehn war, auch Soldaten waren auf der Straße, es war ja Krieg und doch kein Krieg. Wir hatten gar keinen Hunger und waren gar nicht müde, und zu Hause würden wir vielleicht sogar eine Flasche Wein trinken, die Alfred aus Frankreich mitgebracht hatte. Ich war fünfzehn Jahre alt und würde niemals Soldat zu werden brauchen. Und die Severinstraße war so gemütlich. Beethoven, wie schön war doch ein Beethovenkonzert. Ich sah alles ganz deutlich. An St. Georg waren wir vorüber, und da hatten im Dunkeln ein paar Huren am Pissoir gestanden. Nun waren wir schon an dem reizenden kleinen Platz vorbei, an dem St. Johann lag, die kleine romanische Kirche ...

Dann wurde die Straße enger. Wir mußten auf dem Pflaster gehen und manchmal der Straßenbahn ausweichen, dann der Tietz und schließlich die Straßenverbreiterung, wo der mächtige Turm von St. Severin stand. Ich sah alles ganz genau vor mir: die Läden mit ihren Auslagen ... Zigaretten, Schokolade, Kochlöffel und Ledersohlen. Ich sah alles ganz genau.

Es war die sanfte Hand der Schwester, die mich aufschrekken ließ.

»Hier, Kleiner«, sagte ihre Stimme, »hier ist das Novalgin-Chinin für dein Fieber und da!« Sie reichte mir das Thermometer. »Messen.«

Das gelinde Fieber verursachte mir Wohlgefühl. Es brachte auch die Suppe auf meinem Rücken wieder zum Kochen, und ich war jetzt wieder ein Held, vier Jahre älter als damals, dreimal verwundet und ein richtiger vollamtlicher Held, auch mir würde der Spieß beim Ersatz nicht mehr viel wollen können, denn wenn ich da wieder hin kam, hatte ich das silberne, was wollten sie denn da noch ...

Jetzt hatte ich sogar Fieber: 38,6, und die Schwester machte einen blauen Strich auf meine Kurve, der richtig gefährlich aussah. Ich hatte Fieber, und von Debrecen war es gar nicht mehr so weit bis Wien, und von Wien ...

Vielleicht würde die Front mal wieder an einer Ecke zusammenbrechen, und es würde einen großen Schubs geben, und wir würden alle nach rückwärts verlegt, wie ich es schon so oft erzählt bekommen hatte, und – rutsch – waren wir in Wien oder Dresden, und von Dresden ...

»Schläfst du, Kleiner?« fragte Hubert, »oder willst du noch einen Schluck?«

»Nee«, sagte ich, »ich schlafe, schlafe ...«
»Gut, dann: Gute Nacht.«
»Gute Nacht.«
Aber es war noch nichts mit Schlafen. Irgendwo vorne fing einer ganz verrückt an zu schreien, es wurde Licht gemacht ... gerufen ... gelaufen, die Schwester kam und der Arzt ... und dann war es wieder still.
Der Oberschenkelschußbruch stöhnte und schnarchte leise im Schlaf ...
Draußen war die Nacht wieder ganz dunkel, nicht mehr so grau, bläulich und still, und ich konnte gar nicht mehr an die Severinstraße denken. Ich dachte nur an Debrecen ... seltsam, dachte ich, als wir in Erdkunde Ungarn durchgenommen haben, hast du so oft den Zeigefinger auf Debrecen gehabt, es lag mitten in einem grünen Fleck, aber nicht weit davon wurde es braun und dann ganz dunkelbraun, das waren die Karpaten, und wer hätte das gedacht, daß du einmal so schnell und leise auf Debrecen würdest zuschaukeln, mitten in der Nacht. Ich versuchte, mir die Stadt vorzustellen.
Vielleicht gab es dort schöne große Cafés und alles zu kaufen, mit Pengö in der Tasche. Ich blickte noch einmal zu Hubert hinüber, aber der war eingeschlafen.
Es war sehr still, und ich hätte am liebsten wieder geweint, aber das Bild von der Mutter und von der Severinstraße war vollkommen ausgelöscht ...

Im Käfig

Irgendeiner stand am Zaun und blickte grübelnd durch das stachelige Dickicht aus Draht. Er suchte etwas Menschliches zu entdecken, aber er sah nichts als dieses Durcheinander, dieses auf eine schreckliche Weise systematische Durcheinander der Drähte – dann Hungergestalten, die in der Hitze zur Latrine torkelten, Lehm und Zelte, wieder Draht, wieder Hungergestalten, Lehm und Zelte bis ins Unendliche. Irgendwo sollte kein Draht mehr sein, aber er glaubte es nicht. Unmenschlich auch war das tadellose, glühende, starre Gesicht des weißlichblauen Himmels, und irgendwo schwamm die Sonne in ihrer eigenen Unbarmherzigkeit. Die ganze Welt war nur stillstehende Glut, verhalten wie der Atem eines Tieres im Bann des Mittags. Die Hitze lag auf ihm wie ein gräßlicher Turm aus nackter Glut, der zu wachsen schien, immer mehr zu wachsen ...

Nichts Menschliches sah er vor seinen Augen; und hinter ihm – das sah er noch deutlicher, ohne sich umzublicken – war das blanke Entsetzen. Um den unantastbaren Fußballplatz herum lagen sie, die anderen, eng aneinandergerückt wie faulende Fische, dann kamen die peinlich gepflegten Latrinen, und irgendwo dort hinter ihm lag auch das Paradies: die schattigen, leeren Zelte, von feisten Polizisten bewacht ...

Still war es und heiß!

Er senkte plötzlich den Kopf, als breche sein Genick unter

dem Hammer der Glut, und da sah er etwas, was ihn entzückte: die feinen Schatten des Drahtes auf dem Lehmboden; sie waren wie ein zartes Geäst, leicht und schön, und es schien ihm, als wären sie unendlich kühl, diese feinen Kringel, die alle miteinander verbunden waren; ja, ihm war, als lächelten sie still und tröstend.

Er bückte sich und griff vorsichtig zwischen den Drähten hindurch und pflückte einen der schönen Äste und hielt ihn sich vors Gesicht und lächelte, als sei ein Fächer sanft vor ihm bewegt worden. Dann packte er mit beiden Händen zu und raffte sich den süßen Schatten. Er sah nach links und rechts in das Dickicht, und das stille Glück in seinen Augen erlosch, und eine wilde, rauschhafte Begierde flackerte auf, denn dort sah er unzählige solcher kleinen Kringel, und zusammengefaßt mußten sie eine kostbare, kühle Unendlichkeit des Schattens sein. Seine Pupillen weiteten sich, als wollten sie ausbrechen aus dem Gefängnis des Augapfels, und er stürzte sich mit einem schrillen Schrei in das Dickicht, und je mehr er sich in den kleinen, unbarmherzigen Haken verfing, um so wilder zappelte er, wie eine Fliege im Spinnennetz, während er mit beiden Händen das liebliche Geäst des Schattens zu greifen suchte. Sein Zappeln war schon erstorben, als die feisten Polizisten kamen und ihn mit Drahtscheren lösten.

Ich kann sie nicht vergessen

Ich kann sie nicht vergessen; immer wieder, wenn ich nur einen Augenblick auftauche aus dem Strudel des alltäglichen Lebens, der mich mit stetigem Druck unter der Oberfläche menschlicher Wirklichkeit zu halten versucht; wenn ich das saugende, nie stillstehende Treiben des tierischen Ernstes, den sie Leben nennen, nur für eine Sekunde verlassen kann und stillstehe, irgendwo, wo mich ihr blödes Geschrei nicht erreicht: immer ist dann ihr Bild da, so nah und deutlich und verwirrend schön, wie ich es vor Jahren gesehen habe, damals trug sie einen kragenlosen Mantel, der den zarten Hals ganz frei ließ.

Damals hatten sie mich verloren gegeben. Der Hauptmann hatte gesagt, wir sollten einen Gegenstoß machen, und der Leutnant hatte mit uns einen Gegenstoß gemacht. Aber da war nichts zu stoßen. Wir rannten blind einen bewaldeten Hügel hinauf an einem Frühlingsabend, aber auf dem angenommenen Kampffeld herrschte Stille. Wir verharrten auf dem Hügel, blickten in die Ferne und sahen nichts. Dann rannten wir hinunter ins Tal, einen anderen Hügel hinauf und warteten wieder. Nirgendwo war ein Feind zu sehen. Da und dort an Gebüschrändern verlassene Löcher, halbfertige Stellungen der Unsrigen, in denen der sinnlose Plunder des Krieges hastig liegengelassen worden war. Es war immer noch still, unheimliches Schweigen lastete unter dem großen Gewölbe des Frühlingshimmels, der sich langsam mit den dunkleren Schleiern der Dämmerung zuzog. Es war so still, daß die Stimme des Leutnants uns erschreckte: »Weiter!« sagte er. Aber als wir weitergehen wollten, rauschte plötzlich der Himmel auf uns nieder, und die Erde barst.

Die anderen hatten sich schnell fallen lassen, waren schnell genug in die verlassenen Löcher gesprungen; ich sah noch, daß dem Feldwebel die Pfeife aus dem Mund fiel, dann glaubte ich, sie hätten mir meine Beine unter dem Leib weggeschlagen ...

Fünf Mann liefen davon, nachdem die erste Ladung niedergegangen war. Nur der Leutnant blieb mit zwei Mann zurück, die packten mich hastig und rannten mit mir den Abhang hinunter, während oben, wo wir gelegen hatten, eine neue Ladung niederging.

Erst viel später, als alles wieder still war und sie mich auf den Waldboden niederlegten, spürte ich Schmerzen. Der Leutnant wischte sich den Schweiß ab und betrachtete mich, aber ich sah ganz genau, daß er nicht dorthin blickte, wo meine Beine sein mußten. »Laß nur«, sagte er, »wir bringen dich schon zurück.«

Der Leutnant steckte mir eine brennende Zigarette in den Mund, und ich weiß noch: während der Schmerz wieder stärker wurde, spürte ich doch, daß das Leben schön war. Ich lag in der Sohle des Tales auf einem Waldweg, an dem ein kleiner Bach entlang führte; oben zwischen den hohen Fichten war nur ein schmaler Streifen Himmel zu sehen, der jetzt silbern war, fast weiß. Die Vögel sangen, und es herrschte eine unsagbar wohltuende Stille. Ich blies den Rauch der Zigarette in langen blauen Fäden nach oben und fand, daß das Leben schön war, und weinte ...

»Sei ruhig«, sagte der Leutnant.

Sie trugen mich weg. Aber es war ein weiter Weg, fast zwei Kilometer bis dahin, wohin der Hauptmann zurückgegangen war, und ich war schwer. Ich glaube, daß alle Verwundeten schwer sind. Der Leutnant trug die Bahre vorne, und die anderen beiden gingen hinten. So kamen wir langsam aus dem Wald heraus, quer durch Wiesen und Felder, wieder durch einen Wald, und sie mußten absetzen und sich den Schweiß abtrocknen, während der Abend immer tiefer sank. Als wir das Dorf erreichten, war es immer noch still. Sie brachten mich in einen Raum, wo jetzt der Hauptmann war. Links und rechts an den Wänden waren Schulbänke hochgestapelt, und das Pult war mit Handgranaten bedeckt. Als ich reingetragen wurde, verteilten sie gerade die Handgranaten. Der Hauptmann schrie in ein Telefon und drohte jemandem an, daß er ihn erschießen lassen würde. Dann stieß er einen Fluch aus und hing ein. Sie legten mich hinter das Pult, wo noch andere Verwundete lagen. Einer hockte da, dem hatten sie die Hand kaputtgeschossen, der sah sehr zufrieden aus.

Der Leutnant meldete dem Hauptmann den Verlauf des Gegenstoßes, und der Hauptmann schrie den Leutnant an, daß er ihn erschießen lassen würde, und der Leutnant sagte: »Jawohl.« Da schrie der Hauptmann noch mehr, und der Leutnant sagte wieder: »Jawohl«, und der Hauptmann schrie nicht mehr. Sie steckten jetzt große Fackeln in Blumentöpfe und zündeten sie an. Es war dunkel geworden, und elektrischer Strom schien keiner da zu sein. Als die Handgranaten verteilt waren, leerte sich der Raum. Da waren nur noch zwei Feldwebel, ein Schreiber, der Leutnant und der Hauptmann. Der Hauptmann sagte zum Leutnant: »Lassen Sie rings um das Nest Sicherungsposten aufziehen, wir wollen versuchen, ein paar Stunden zu schlafen. Morgen geht es früh weiter.«

»Zurück?« fragte der Leutnant leise.

»Raus!« schrie der Hauptmann, und der Leutnant ging. Als der Leutnant gegangen war, blickte ich zum ersten Mal auf meine Beine und sah, daß sie voller Blut waren, und ich spürte sie nicht, ich spürte nur Schmerz, da, wo sonst meine Beine zu spüren gewesen waren. Ich fror jetzt. Neben mir lag einer, der hatte wohl einen Bauchschuß, der war ganz still und bleich und rührte sich kaum, strich nur manchmal ganz still und vorsichtig über die Decke, die auf seinem Bauch lag. Keiner kümmerte sich um uns. Ich glaube, bei den fünfen, die fortgelaufen waren, war auch der Sani gewesen. Plötzlich kam der Schmerz in meinen Bauch und kroch ganz schnell höher, es kam wie flüssiges Blei heraufgeflossen bis an mein Herz, und ich glaube, ich fing an zu schreien und wurde ohnmächtig ...

Ich wurde wach und hörte zuerst Musik. Ich lag auf der Seite und blickte in das Gesicht des Kumpels mit dem Bauchschuß und sah, daß er tot war. Die Decke war ganz schwarz von geronnenem Blut. Und ich hörte Musik, sie

mußten irgendwo einen Radioapparat gefunden haben. Sie spielten etwas ganz Modernes, das mußte aus dem Ausland sein, dann wurde diese Musik ausgeputzt wie von einem nassen Lappen, und sie spielten Marschmusik, dann kam etwas Klassisches, und sie ließen diese Musik weiterspielen. Dann sagte eine Stimme über mir ganz leise: »Mozart«, und ich blickte auf und sah ihr Gesicht und hörte im gleichen Augenblick, daß das nicht Mozart sein konnte, und ich sagte zu diesem Gesicht: »Nein, das ist nicht Mozart.«
Sie beugte sich über mich, und ich sah jetzt, daß sie eine Ärztin war oder eine Medizinstudentin, sie sah so jung aus, hatte aber ein Hörrohr in der Hand. Jetzt sah ich nur ihre lose, sanfte, braune Haarkrone, denn sie bückte sich über meine Beine und schob die Decke hoch, so daß ich nichts sehen konnte. Dann hob sie den Kopf, sah mich an und sagte: »Doch Mozart.« Sie faßte meinen Ärmel und streifte ihn hoch, und ich sagte leise: »Nein, unmöglich Mozart.«
Die Musik spielte immer noch weiter, und ich wußte jetzt ganz sicher, daß es niemals Mozart sein konnte. Manches hörte sich wie richtiger Mozart an, aber es waren Passagen drin, die konnten unmöglich Mozart sein.
Mein Arm war ganz weiß. Sie fühlte mit sanften Fingern meinen Puls, dann pikte sie mich plötzlich und spritzte mir etwas in den Arm.
Dabei kam ihr Kopf ganz nah, und ich flüsterte ihr zu: »Gib mir einen Kuß.« Sie wurde ganz rot, zog die Nadel heraus, und im gleichen Augenblick sagte eine Stimme im Radio: »Dittersdorf.« Sie lächelte plötzlich, und auch ich lächelte,

denn ich sah sie jetzt richtig und ganz, weil die einzige Fackel, die übrig geblieben war, hinter ihr auf dem Pult stand. »Schnell«, sagte ich lauter, »gib mir einen Kuß.« Sie wurde wieder rot und sah noch schöner aus; das Licht der Fackel beleuchtete die Decke oben und verteilte sich wie ein kreisendes Rot unruhig und wild rings an den Wänden. Sie blickte sich schnell um, dann beugte sie sich über mich und gab mir einen Kuß, und ich sah für diesen Augenblick ihre geschlossenen Lider ganz nah und spürte die sehr sanften Lippen, während die Fackel ihr unruhiges Licht rundschleuderte und die Stimme des Hauptmanns wieder ins Telefon brüllte und nun andere Musik aus dem Trichter herausgepreßt wurde. Dann schrie eine Stimme etwas, irgendeiner schnappte mich und trug mich hinaus in die Nacht auf ein kaltes Auto, und ich sah nur noch, daß sie dort stand und mir nachblickte im Schein der Fackel, zwischen den vielen Schulbänken, die aufgestapelt waren wie die lächerlichen Trümmer einer untergehenden Welt.

Ich glaube, nun sind sie alle wieder in ihren richtigen Berufen, der Hauptmann ist Turnlehrer, der Leutnant ist tot, und von den anderen weiß ich nichts; ich kannte sie ja erst ein paar Stunden. Gewiß sind die Schulbänke wieder an ihrem Platz, das elektrische Licht brennt wieder, und Fackeln werden nur zu ganz besonders romantischen Anlässen angebrannt, und der Hauptmann brüllt jetzt statt: »Ich lasse Sie erschießen!« etwas Harmloseres, vielleicht: »Sie Dummkopf!« oder: »Du Feigling!« – wenn einer die Riesenwelle nicht machen kann. Meine Beine sind wieder geheilt, und

ich kann ganz gut gehen, und sie sagen auf den Ämtern, ich müßte arbeiten; aber ich habe eine andere, viel wichtigere Beschäftigung: ich suche sie. Ich kann sie nicht vergessen. Die Leute sagen, daß ich verrückt bin, weil ich keine Anstrengungen mache, eine Riesenwelle in die Luft zu hauen und mit meinen Beinen ein braves staatsbürgerliches Getrampel zu veranstalten und danach, voll Eifer und ungeduldig auf ein Lob hoffend, in der Riege zu stehen.
Zum Glück sind sie verpflichtet, mir eine Rente zu geben, und ich kann es mir leisten, zu warten und zu suchen, denn ich weiß, daß ich sie finden werde ...

Grün ist die Heide

Die Bahn schnitt jetzt eine Straße, deren Name – weiß auf blau an der Ecke unter der Lampe – ihm plötzlich bekannt vorkam. Er errötete, zückte sein Notizbuch und fand den Namen der Straße rotumrandet auf einer bekritzelten Seite: Bülowstraße. Er begriff jetzt, daß er diese Seite immer wieder überschlagen, aber im Grunde auch nicht einen einzigen Tag lang den Namen vergessen hatte ...
Die Bahn nahm langsam eine Kurve und hielt. Er hörte Musik aus einer Kneipe, sah im Dämmer die Gaslaternen brennen, von irgendwo hinter einem Gartenzaun kam das Lachen junger Mädchen, und er stieg aus. Die Vorstadt war wie alle Vorstädte: zerrissen, schmutzig, mit Gärten durchsetzt und reizvoll; sie hatte den Geruch, den Klang, die Farbe und das ganz unbeschreibliche Fluidum der Verlorenheit ...
Der Mann hörte die Bahn davonkreischen, setzte sein Bündel ab. Obwohl er die Nummer auswendig wußte, griff er wieder in die Tasche und blätterte in seinem Notizbuch: Bülowstraße 14. Nun gab es keinen Weg mehr daran vorbei. Er hatte gewußt, warum er sich geweigert hatte, gerade diesen Auftrag auszuführen und in dieser Stadt die Zigaretten zu holen. Gewiß, es gab viele Bülowstraßen, jede anständige Stadt hatte ihre Bülowstraße, aber nur in dieser Stadt gab es dieses Haus Nr. 14, in dem eine Frau mit dem Namen Gärtner wohnte, der er etwas auszurichten hatte, was vier

Jahre zurück lag und was er ihr vor vier Jahren schon hätte ausrichten müssen... Die Gaslaternen beleuchteten den hohen Zaun einer Holzhandlung der mit riesengroßen weißen Lettern beschriftet war. Durch die Lücken hindurch sah er die hellen, fast gelben Stapel makelloser Bretter, und er entzifferte müde die Schrift auf der Umzäunung: *Gebrüder Schuster*, dann trat er einen Schritt zurück, weil die Buchstaben auf dem Zaun groß waren und seinen Augen davonliefen, und er las sehr weit hinten, wo schon eine andere Gaslaterne leuchtete: *älteste Holzhandlung am Platze*. Wo das letzte *e* dieser sehr soliden Inschrift zu lesen war, stand ein großes schwarzes Haus, in dem einige Fenster gelb erleuchtet waren, die Fenster waren offen, er sah Lampenschein, hörte Radiomusik, und irgendwo hinter ihm lachten jetzt wieder die hellen Mädchenstimmen. Es wurde Gitarre gespielt, und ein paar sehr weiche Jungenstimmen sangen: »Wir lagen am Lagerfeuer, Conchita, und ich...«, andere Stimmen fielen ein, noch eine Gitarre fing an zu spielen, das Mädchenlachen war verstummt. Der Mann ging langsam den Zaun entlang bis an die zweite Laterne, die genau zwischen dem *p* und dem *l* stand. Die blanken Schienen der Straßenbahn liefen weit in eine schmale, engbebaute Straße hinein, deren Front fast ganz tot war, dunkel und erschreckend, die Häuser schienen ausgebrannt zu sein.

Die Dämmerung war dichter geworden, und er sah jetzt diese tote Front hinten durch eine hochhängende, leise schwankende Lampe erleuchtet, und an dieser Straßenecke stand wieder eine Gruppe junger Burschen, deren Zigarettenenden er aufleuchten sah. Das mußte der Eingang zur Bülowstraße sein …

Immer noch stand er zwischen dem *p* und dem *l*. Es war still, nur das leise Wimmern der beiden Gitarren und die weichen Stimmen, die das Lied zu Ende sangen. Auf der anderen Straßenseite waren Schrebergärten. Da zündete im Dunkeln ein Mann seine Pfeife an, und er sah, wie das Streichholz eine dunkelblaue Schiffermütze erleuchtete und ein dickes, klobiges Gesicht, dessen Mund sich spitzte und mit einem Rauchstoß das Zündholz ausblies, dann herrschte dort wieder stumme Dunkelheit. Er war jetzt langsam weitergegangen, und am Ende des langen Zaunes der Holzhandlung hörte die Stille plötzlich auf: aus den offenen Türen einer Kneipe kam das laute Lachen von Männern und das wilde, unbeachtete Schreien eines Mannes aus dem Radioapparat. Die erste Querstraße schien fast unbeschädigt zu sein, lautes Lachen, Rufen und das murmelnde Gespräch von Leuten, die auf Stühlen vor ihren Türen saßen, erreichten ihn …

Während er an dieser Stelle wie an einem offenen, dichtbesetzten Wohnzimmer vorbeiging, dachte er: ich kann immer noch zurück. Nichts habe ich in dieser Bülowstraße zu suchen. Aber er ging doch weiter wie unter Zwang auf die Verkehrsampel zu und hatte bald die Gruppe junger Burschen an der Straßenecke erreicht. Auch aus der Bülowstraße kam Lärm, aber als er schnell um die Ecke bog, sah er, daß auch dort große schwarze Lücken in der Front

waren, und einen Augenblick lang wünschte er, auch das Haus Nr. 14 wäre zerstört. Das wäre das Einfachste.
An der Ecke zögerte er. Wenn ich in die Straße gehe, bin ich verloren, dachte er. Sie werden mich als Fremden erkennen, ausfragen, und ich werde alles sagen müssen. Er machte schnell eine Wendung nach links und ging durch die jungen Burschen hindurch in die Kneipe. Er sagte: »Guten Abend«, setzte sich an den Tisch, der gleich neben der Tür stand. Der Wirt hinter der Theke, ein langer, schmaler mit einem dunklen Teint, nickte ihm zu und fragte laut: »Bier?«
»Ja«, sagte der Mann.
Rechts von ihm auf einem Tisch lagen die Krücken eines Amputierten. Neben dem dicken Amputierten selbst, der den Hut in den Nacken geschoben hatte, saßen ein Mann und eine Frau mit bekümmerten Gesichtern, die hilflos und müde ihre Biergläser umklammert hielten. In einer Ecke spielten sie Karten, und im Radio sang jetzt eine Frau: »Mama sagt, man darf nicht küssen, Mama sagt, das darf man nicht . . .« Der Wirt brachte das Bier, und der Mann sagte: »Danke.« Er legte das Bündel neben sich auf einen Stuhl und suchte aus der Brusttasche eine zerdrückte Zigarette heraus . . .
»Das ist es also«, dachte er, »diese Kneipe.« Hier hat er seine »Rosemarie« gesungen und sein »Grün ist die Heide«, hier hat er geschimpft und doch stolz seine Orden gezeigt, hier hat er Zigaretten gekauft und singend an der Theke gestanden.
Dann sah er nur noch, wie der Mann, der Gärtner geheißen

hatte, von einem Sergeanten, der Stevenson geheißen hatte, erschossen wurde. Dieser kleine rothaarige Stevenson mit dem frechen Gesicht hatte ihn mit der Maschinenpistole direkt in den Bauch geschossen, gleich vier Schüsse von unten nach oben, und er hatte noch nie einen Mund, der jemals »Rosemarie« gesungen hatte, so von Schmerz verzerrt gesehen. Sie hatten ihn hinter eine Hausecke geschleppt, ihm die Feldbluse ausgezogen und die Hose aufgerissen, da war nur Blut und Kot aus seinem Bauch gekommen, und der Mund, der einst an dieser Theke hier »Rosemarie« gesungen hatte und »Grün ist die Heide«, dieser Mund war vor Schmerz stumm geblieben. Sie hatten von der Knallerei nichts mehr gehört, hatten ihm das Soldbuch aus der Tasche gezogen, und er hatte sich notiert: Gärtner, Bülowstraße 14. Er wollte doch der Frau Bescheid sagen, wenn er mal in diese Stadt kam. Gärtner hatte nichts mehr gesagt, diese fürchterliche Masse aus Blut und Kot quoll langsam aus seinem Bauch, und sie – der andere und er – mußten hilflos zusehen, bis plötzlich hinter ihnen jemand schrie: »Hände hoch!« und sie erfuhren, daß dieser rothaarige Sergeant Stevenson hieß. Da standen zwölf zitternde Amerikaner um sie herum, und er hatte noch nie Menschen so zittern sehen, sie zitterten, daß sie das leise Klirren der Maschinenpistolen hörten, und einer sagte: »Stevenson, one is away ...«

Stevenson machte eine hastige, spreizende Geste, und sie verstanden das richtig und warfen ihre Waffen hinter sich. Der eine, er hatte seinen Namen nicht gewußt, sie kannten

sich erst eine halbe Stunde, hatte ein Maschinengewehr wie eine große, schwarze Katze unter dem Arm; er warf das Maschinengewehr jetzt mit einem Schwung hinter sich in eine große Jauchepfütze. Er hörte es aufplatschen, genau wie früher, wenn der Turnlehrer in der Schwimmstunde ihnen das Abspringen vom Brett vormachte, und er hatte sehr deutlich die gelbliche Glatze der Gaslaterne vor seinen Augen gesehen und wurde erst wach, als einer von den Amerikanern ihm vor Aufregung ganz nah an der Nase vorbeischoß, und sie sahen, daß Gärtner tot war, und hörten Panzer heranbrummen ...
Er blickte jetzt auf sein Bier und sah, daß eine kleine Vase mit Blümchen neben seinem Glas stand. Es war ein kleiner Zweig mit gelben, ziemlich dicken, fast verblühten Weidenkätzchen, und es fiel ihm ein, daß jetzt auch Frühling war, wie damals. Es mußte jetzt genau vier Jahre her sein, daß Stevenson Gärtner in den Bauch geschossen hatte, bis Blut und Kot herauskam. Der Amputierte zuckte brutal die Schultern, und die Gesichter des Mannes und der Frau wurden immer bekümmerter. Zu den jungen Burschen draußen vor der Tür mußten jetzt die mit den Gitarren und den Mädchen gekommen sein, er hörte das helle Lachen der Mädchen, und dann fingen sie alle an zu singen, und der Mann und die Frau, die bei dem dicken Amputierten saßen und immer noch trostlos ihre Biergläser umklammert hielten, blickten jetzt zur offenen Tür hinaus und hörten dem Gesang zu. »Max«, rief der Amputierte dem Wirt zu, »bring noch drei Bier, ja?«

Der Mann hörte, daß die beiden, die bei dem Amputierten saßen, flüsternd Einwendungen zu machen suchten. Draußen sangen sie Lieder, deren Worte er nicht verstand, weiche, wiegende, sentimentale Weisen.
Der Wirt kam an seinem Tisch vorbei, nahm das leere Glas weg und fragte: »Noch eins?«
»Ja.«
Der Mann blickte noch einmal auf die Zigaretten, die er in eine blaue Arbeitshose eingewickelt hatte. Draußen entfernten sich die lachenden, singenden Stimmen der Burschen und Mädchen. Im Radio kam jetzt ein Vortrag, und der Wirt drehte krampfhaft am Apparat herum, bis wieder Musik kam.
»Zahlen bitte«, rief der Mann.
Der Wirt kam, und während er ihm das Geld vorzählte, fragte er leise: »Gärtner, war Gärtner nicht früher oft hier?«
»Gewiß«, sagte der Wirt gleich und glättete den Schein, den er ihm gegeben hatte: »Kannten Sie ihn? Willi Gärtner?«
»Ja. Lebt er noch?«
»Nein, ist gefallen.«
»Wann?«
»Oh, ich weiß nicht, ziemlich spät, glaub ich, am Ende. Woher kannten Sie ihn?«
»Wir haben zusammen gearbeitet.«
»Bei Plattke?«
»Ja, bei Plattke ... und seine Frau, was macht seine Frau?«
Der Wirt sah ihn erstaunt an: »Die ist doch jetzt bei Plattke ... sind Sie nicht mehr dort?«

»Nein, ich bin nicht mehr dort ...«
»So«, sagte der Wirt gleichgültig, nahm das leere Glas und rief einem anderen Gast zu: »Sofort, ich komme.«
Der Mann erhob sich, sagte leise: »Guten Abend«, und ging, ohne sich umzuwenden, hinaus.
In den unbeleuchteten, offenen Fenstern sah er hier und da Zigaretten aufglühen, und er hörte das Wimmern von Radioapparaten. Das Haus neben der Kneipe war Nummer 28. Es war ein Kolonialwarenladen. Im trüben Dämmer sah er die Maggi- und Persilreklame und hinter dem Schaufenster im Dunklen einen Korb mit Eiern, Stapel von Nahrungsmittelpaketen und ein großes Glas, in dem saure Gurken und Zwiebeln durcheinanderschwammen. Alles sah aus wie hinter der Scheibe eines unsauberen Aquariums. Die Gegenstände schienen sanft zu schwimmen und zu schwanken, sie waren wie molluskenartige, schleimige Wesen, die im trüben Halbdunkel ein lüsternes Dasein führen.
Das ist es also, dachte er. Hier hat seine Frau den Essig gekauft und die Suppenwürfel und die Zigaretten, und irgendwo wird auch hier eine Metzgerei und ein Bäcker sein ... so ein Bauch muß ja lange gepflegt werden, ehe er richtig fachgerecht kaputt geschossen werden kann, daß gleich Blut und Kot dickflüssig herausquillt. Es muß ja alles seine Ordnung haben. Mindestens achtzehn Jahre lang muß so ein Bauch regelmäßig gefüllt werden, mit allem, was man für einen Wochenlohn so beim Metzger, beim Bäcker und beim Kolonialwarenhändler kaufen kann, und manchmal muß dieser Bauch auch Bier trinken und singen, und Ziga-

retten darf der Mund rauchen, der zu diesem Bauch gehört, es ist alles in Ordnung ...

Die Leute, die vor ihren Türen sitzen, haben keine Ahnung, daß da irgendwo ein Amerikaner herumläuft, der ihren Willi kaputt geschossen hat ... quer durch den Bauch ... flutsch ... flutsch ... flutsch ... flutsch ... dieses Geräusch würde er niemals vergessen, die teuflische Sanftmut, dieses sanfte Flappen, das Gärtners Bauch durchlöchert hatte.

Die Leute schienen ihn nicht zu bemerken. Er war irgend jemand, der mit einer blauen Arbeitshose unter dem Arm nach Hause ging. Er blieb stehen und kramte umständlich eine zweite zerdrückte Zigarette aus seiner Brusttasche. Die Zerdrückte gehörte ihm, das war ausgemacht. Dabei schielte er zur nächsten Haustür und sah, daß es Nummer 18 war. Dann kam eine Lücke, und dann mußte das Haus Numero 14 kommen. Er sah dort beleuchtete Fenster und auch Stühle vor der Tür.

Überall auf dem Trümmergrundstück war glühende Asche ausgeschüttet worden, und es schwelte an manchen Stellen von glimmernden Brikettresten und roch nach Stoffetzen und Kartoffelschalen, die in Brand geraten waren. Flüchtig sah er in einem erleuchteten Fenster einen schweren, dikken Kerl mit einer Zigarre im Mund und hinter dessen Rücken eine Frau, die am Herd vor einer qualmenden Pfanne stand.

Damals war auch Frühling, damals war auch April, alles war wieder grün geworden nach einem schrecklichen Winter. Sie hatten das in den kühlen Nächten gespürt, wenn sie

sinnlos in ihren Löchern hockten und Brücken über Flüsse bewachten, die man an vielen tausend Stellen zu Fuß durchwaten konnte, sie hatten es gespürt: es war Frühling. Und wenn der Morgen graute, gingen sie zurück, griffen an und wurden angegriffen. Die Truppenteile wurden auseinandergerissen, wieder zusammengeflickt. Ganze Regimenter gingen stiften oder liefen über; viele wurden an den Straßenecken wieder eingefangen und zusammengetrieben, und es fand sich immer wieder ein Offizier, der den Befehl übernahm. Sie wurden an Straßenecken gestellt oder nachts in Löcher gestopft, um sich nur ja gründlich kaputt schießen zu lassen. Auf diese Weise hatte man jeden Tag neue Kameraden. Diesen Gärtner hatte er gerade eine halbe Stunde gekannt. Da war ein Leutnant gekommen und hatte gesagt: »Komm mit!« und hatte ihn neben Gärtner und den mit dem Maschinengewehr an die Straßenkreuzung gestellt. Gärtner hatte ihm eine Zigarette geschenkt, die damals mehr wert war als alle Orden zusammengenommen. Granaten waren irgendwo eingeschlagen, Panzer hatten gebrummt, es war geschossen worden, und auf einmal waren dem Gärtner die Dinger in den Bauch geflutscht ...
Er blickte immer noch die glühenden Aschehaufen an, roch den ekelhaften Gestank versengter Stoffetzen. Vor dem Haus Nr. 14 saßen zwei Frauen auf Stühlen, dunkle, scheinbar dikke Gestalten, die miteinander flüsterten. Im Eingang selbst stand ein junger Kerl und rauchte; er ging jetzt auf diesen Jungen zu und sagte: »Bitte, kann ich etwas Feuer haben?« Der Bursche hielt stumm und nicht sehr sorgfältig seine

Glut gegen die Zigarette, und während dem Mann der Geruch von Küche, der in den Kleidern des Jungen hing, in die Nase stieg und der Geruch billiger Seife, blickte er über seine Zigarette hinweg in den offenen, unbeleuchteten Flur, und nun – in dieser halben Sekunde, die er brauchte, um seine Zigarette anzuzünden – hörte er, daß sich dort im Dunklen ein Paar umarmte: er hörte diese unbeschreiblichen Laute stummer Zärtlichkeit, dieses sanfte Stöhnen, das wie ein verhaltener Schmerz war; er fühlte, wie ihm das Blut heiß und quälend in den Kopf stieg. Er bedankte sich hastig und ging schnell zurück, sehr schnell an den glimmenden Aschehaufen vorbei, vorbei an den ganzen Häusern, den Lücken und dem Kolonialwarengeschäft. An der Ecke lief er schon fast, da er hinter sich die Straßenbahn herankreischen hörte, und als er beim Umblicken ihre matten, gelben Lichter in der zarten, frühlingshaften Dunkelheit herankommen sah, rannte er ...

Er hatte große Angst, die Bahn zu verpassen, so daß er nur flüchtig, kurz bevor er die Haltestelle erreichte und stehen blieb, den Gesang der Gruppe hörte, die jetzt irgendwo in der Nähe der Gärten zu stehen schien. Sie sangen jetzt »Grün ist die Heide« so ernst und schmelzend, daß in den Pausen kein Lachen mehr zu hören war.

Die Bahn hielt, und er war froh, daß er jetzt einsteigen konnte. Er wischte sich den Schweiß ab, sah flüchtig noch einmal den sauber beschrifteten Zaun der Holzhandlung und wünschte, daß die Bahn weit, endlos hätte wegfahren können ...

Die Dachrinne

Sie lagen lange wach und rauchten, während der Wind durchs Haus fuhr, Brocken löste und Steine stürzen ließ; Putzstücke segelten mit lautem Krach von den oberen Stockwerken herunter, sie zerplatzten unten und verteilten sich wie Geröll.
Er sah nur einen Schimmer von ihr, einen warmen rötlichen Hauch, wenn die Zigaretten aufglühten: die sanften Umrisse der Brüste unter dem Hemd und ihr ruhiges Profil. Beim Anblick der festgeschlossenen schmalen Kerbe ihrer Lippen, diesem kleinen Tal in ihrem Gesicht, erfüllte ihn Zärtlichkeit. Sie steckten die Decken an den Seiten fest, schmiegten sich aneinander und wußten, daß sie die ganze Nacht warm liegen würden; die Läden klapperten, und es pfiff durch die zerfransten Löcher in den Scheiben; oben heulte es in den Resten des Dachstuhls, und irgendwo klatschte etwas heftig und stetig gegen eine Wand, etwas Hartes, Metallisches, und sie sagte neben ihm leise: »Das ist die Dachrinne, sie ist schon lange defekt.« Sie schwieg einen Augenblick, faßte seine Hand und fuhr leise fort: »Es war noch nicht Krieg, da wohnte ich schon hier, und wenn ich nach Hause kam, sah ich das Stück Dachrinne dort hängen und dachte: Sie müssen es reparieren lassen; aber sie haben es nicht repariert. Es hing schief, eine der Klammern hatte sich gelöst, und es schien immer zu stürzen, jeden Augenblick. Ich hörte es immer, wenn

Wind war; jede Nacht, wenn es stürmte und ich hier lag. Auch als der Krieg kam, hing es noch da. An der grauen Hausmauer sah man deutlich die Spuren des Wassers, das nach jedem Regen schräg in die Wand hineingeflossen war: eine weiße, dunkelgrau umrandete Bahn, die an dem Fenster vorbei nach unten führte, rechts und links davon große, kreisrunde Flecken, deren Kern weiß war, von dunkleren grauen Ringen umgeben. Später bin ich weit weg gewesen, ich mußte in Thüringen arbeiten und in Berlin, und als der Krieg zu Ende war, bin ich wieder hierhin gekommen, und die Rinne hing immer noch da: das halbe Haus war eingestürzt – ich war weit weg gewesen, sehr weit weg, und hatte viel Schmerz gesehen, Tod und Blut, sie hatten auf mich geschossen mit Maschinengewehren aus Flugzeugen, und ich hatte Angst gehabt, große Angst – und die ganze Zeit über hat dieses Stück Zinkblech hier gehangen, hatte den Regen nun ins Leere gelenkt, weil die Mauer darunter fast ganz weg war. Die Dachpfannen waren heruntergefallen, Bäume waren umgelegt worden, Putz war herunter gebröckelt, Bomben waren gefallen, viele Bomben, aber dieses Stück Zinkblech hatte immer an dieser einen Klammer gehangen, niemals war es getroffen worden oder hatte durch den Luftdruck seine schiefe Lage aufgegeben.«

Ihre Stimme wurde noch leiser, fast singend, sie drückte seine Hand. »Viel Regen hat es geregnet«, sagte sie, »in diesen sechs Jahren, viele Tode sind gestorben worden, Dome zerstört, aber die Dachrinne hing noch da, als ich kam. Ich

hörte sie wieder nachts klappern, wenn Wind war. Glaubst du, daß ich glücklich war?«
»Ja«, sagte er.
Der Wind hatte sich gelegt, es wurde ruhig, und die Kälte kroch näher. Sie zogen die Decken höher und verbargen auch die Hände darunter. In der Dunkelheit war nichts mehr zu erkennen, nicht einmal ihr Profil sah er, obwohl sie so nahe lag, daß er ihren Atem spürte: die warmen, kurzen Stöße trafen ihn ruhig und regelmäßig, und er dachte, sie schliefe schon. Aber plötzlich hörte er ihren Atem nicht mehr und tastete nach ihren Händen. Sie nahm ihre Hand oben weg und ergriff seine Hand und hielt sie fest, und er wußte, daß es warm war und er die ganze Nacht nicht würde frieren müssen.
Plötzlich spürte er, daß sie weinte. Es war nichts zu hören, er entnahm nur den Bewegungen des Bettes, daß sie mit der linken Hand im Gesicht herumwischte, aber auch das war nicht klar, und doch wußte er, daß sie weinte. Er setzte sich auf, beugte sich über sie und spürte ihren Atem wieder, der sich auf seinem Gesicht wie ein Strom zu verbreitern und milde an ihm vorbeizufließen schien. Auch als seine Nase ihre kalte Wange berührte, sah er noch nichts.
»Leg dich«, sagte sie leise, »du erkältest dich.«
Er blieb über ihr, er wollte sie sehen, aber er sah nichts, bis sie plötzlich ihre Augen aufschlug: er sah den Glanz ihrer Augen im Dunkeln, die schimmernden Tränen.
Sie weinte lange. Er nahm ihre Hand, hielt sie und steckte die Decke wieder fest. Er hielt ihre Hand lange fest, bis ihr

Druck nachließ, sie sich langsam aus seiner löste – er legte seinen Arm um ihre Schulter, zog sie nahe zu sich heran, und auch er schlief ein, und im Schlaf wechselten ihre Atemstöße wie Zärtlichkeiten …

Einsamkeit im Herbst

Wie lange wir dort an der Ecke standen, weiß ich nicht. Eine Erwartung erfüllte mich, die eigentlich durch nichts gerechtfertigt war. Es war Herbst geworden, und jedesmal, wenn eine Straßenbahn an der Ecke hielt, kam der Strom der Leute auf uns zu; ihre Schritte raschelten im Laub, und in ihren Schritten war Freude, die Freude von Menschen, die nach Hause gehen ...

Wir müssen lange dort gestanden haben. Es war fast noch hell, als wir plötzlich, ohne ein Wort zu sagen, dort hielten, gleichsam Posten faßten, Posten vor der verdichteten Schwermut des Herbstes, die mit dunkelgelben Lichtern in den langsam sich entblätternden Kronen der Platanen hing ...

Es war gewiß unbegründet, aber jedesmal, wenn das Klingeln der Straßenbahn oben an der Ecke erklang, wenn sich dann der Strom der Leute in die Alleen ergoß, auf uns zukam und die Bahn mit einem schrillen Klingeln weiterfuhr; jedesmal erfüllte mich die Gewißheit, daß nun jemand kommen müßte, der uns kannte, der uns mitnehmen würde; dessen Heimkehrschritt unseren müden und gleichgültigen Gang zwingen würde, das Tempo seiner erregten Freude anzunehmen.

Erst kamen immer die, die allein waren. Die gingen sehr schnell; dann kamen die Gruppen, Paare oder gar drei, die sich lebhaft unterhielten, und zuletzt tröpfelten wieder müde Einzelgänger mit schwerem Gepäck langsam an uns vorbei und verteilten sich in den Häusern, die zwischen Gärten und Alleen verstreut waren ...

Es war eine stete Spannung, die mich in Bann hielt, denn wenn der letzte an uns vorbeigegangen, kamen nur wenige stille Minuten, ehe wir wieder die nächste Bahn ferne – an der vorletzten Station – klingeln hörten, ehe sie sich rauschend und brausend mit knirschenden Geräuschen der Haltestelle dort an der Ecke näherte ...

Wir standen im Schatten eines Holunderbusches, der seine Äste weit über den Zaun eines verwahrlosten Gartens in die Straße streckte. Mit einer starren Spannung blickte sein Gesicht in jene Richtung, aus der sich die Leute durch das raschelnde Laub näherten. Sein Gesicht, das mich zwei Monate lang stumm und verbissen begleitet hatte, das ich geliebt, oft auch gehaßt hatte, zwei Monate lang ...

Vier Straßenbahnen lang war es schön, spannend und erregend, dort zu stehen in der immer mehr sinkenden Schwermut des Abends, in der leisen, köstlichen, feuchten Fäulnis des Herbstes; dann aber wußte ich plötzlich, daß niemals jemand kommen würde, zu dem ich gehören könnte ...

»Ich geh«, sagte ich heiser, denn ich stand schon viel zu lange dort am gleichen Fleck, wie auf dem Grunde eines sumpfigen Beckens, dessen samtene Unbarmherzigkeit sich leise, immer unmerklicher um mich schließen würde.

»Geh nur«, sagte er, ohne mich anzusehen, und zum ersten Male seit zwei Monaten vergaß er hinzuzufügen: »Ich gehe mit.«

Seine Augen verengten sich zu Schlitzen, unbeweglich starrte er mit den metallisch harten Lichtern in die Allee, die nun still lag und in der nur einzelne Blätter, sich langsam drehend, zu Boden fielen.

»So«, dachte ich nur, und in diesem Augenblick geschah etwas mit mir, irgend etwas löste sich, und ich spürte, wie mein Gesicht zusammenfiel, wie es bitter und scharf sich um meine Mundwinkel zog. Fast war es, als wäre die Erregung in mir aufgespult gewesen und löste sich nun wie von einem Stoß, indem sie sich unheimlich schnell in mir ableierte und nichts in mir ließ als jene dumpfe und trauervolle Leere wie vor zwei Monaten. Denn in diesem Augenblick begriff ich; ich begriff, daß er hier stand und auf etwas ganz Bestimmtes wartete. Daß dieser Punkt, diese Straßenecke unter dem weiten Schatten des Holunderbusches für ihn das Ziel war, Ziel einer beschwerlichen Flucht und Wanderung von zwei Monaten, während sie für mich nur irgendeine Straßenecke war, eine von vielen Tausenden.

Ich betrachtete ihn lange, und ich konnte es ungestört, denn er bemerkte mich schon nicht mehr. Vielleicht glaubte er auch, ich sei schon gegangen. In dem lauernden Blick war etwas wie Haß, während die kurzen Stöße des Atems ihn erbeben ließen wie vor einer Explosion ...

»Wenn es ihm doch einfiele«, dachte ich müde, »mir eine von den beiden Zigaretten zu geben und ein Stück des Brotes, das mir gehört.« Ich war zu bange, zu fragen, denn nun hielt die Straßenbahn wieder vorne an der Ecke. Dann sah ich ganz kurz das erste und das letzte Lächeln auf

seinem Gesicht, ehe er mit einem unterdrückten Schrei losstürzte. Inmitten eines Knäuels von Menschen, von denen er einige beiseite gestoßen hatte, hörte ich den leisen Ruf einer Frau, der die schwermütige Stille des Herbstabends zerriß, und in die erstaunte Leere meines Herzens fiel es wie ein Schatten, denn nun wußte ich, daß ich endgültig allein weiterziehen müßte. Auch die Zigarette und das Brot mußte ich verloren geben und die zwei Monate gemeinsamer Gefahr und gemeinsamen Hungers ...
Ich wandte mich ab, tauchte meine müden Füße in die goldenen Wellen des Laubes und ging aus der Stadt hinaus, wieder dem Irgendwo entgegen. In der kühlen Frische der sinkenden Nacht hing noch der würzige Geruch der Kartoffelfeuer, der Geruch der Kindheit und der Sehnsucht. Der Himmel war fahl und sternenlos. Nur das grinsende Gesicht des Mondes hing über dem Horizont und sah mir spöttisch zu, wie ich mich unter dem Gewicht der Dunkelheit weiterschleppte, irgendwohin ...

Am Ufer

Ich hab ja gar nicht gewußt, was Verzweiflung ist. Aber damals, vor ein paar Tagen, hab ich es erfahren. Die Welt schien mir mit einem Male ganz grau und trostlos, und mir war alles, alles egal, und es würgte mir bitter in der Kehle, und ich dachte, daß es gar keinen Ausweg mehr gibt, kein Entrinnen und keine Hilfe. Denn ich hatte alle unsere Marken verloren, und die würden es mir nicht glauben auf dem Amt und keinen Ersatz geben, und schwarz kaufen konnten wir nicht mehr, und klauen, klauen mochte ich eigentlich nicht, und für soviele konnte ich ja auch nicht klauen. Für Mutter und Vater, die beiden Großen, Karl und Grete und für mich und auch noch für den Kleinsten, den Säugling; und die Mütterkarte war weg und Vaters Schwerarbeiterkarte, alles, alles war weg, die ganze Mappe, ich merkte es ganz plötzlich in der Straßenbahn, und ich hab gar nicht gesucht und auch nicht gefragt. Es ist ja doch zwecklos, dachte ich, wer wird denn Marken abgeben, und so viele, und die Mütterkarte und die Schwerarbeiterkarte von Vater ...

In diesem Augenblick habe ich gewußt, was Verzweiflung ist. Ich bin viel früher ausgestiegen und bin gleich an den Rhein gegangen; ich dachte, ich gehe ins Wasser. Aber als ich in die kahle und kalte Allee kam und das große, graue, ruhige Wasser sah, dachte ich, daß es nicht einfach ist, sich zu ertränken, aber ich wollte es doch. Es muß sehr lange dauern, ehe man tot ist, dachte ich, und ich hätte gerne einen schnellen, ganz plötzlichen Tod gehabt. Nach Hause gehen konnte ich ja nicht mehr. Mutter würde einfach keinen Ausweg wissen, und Vater würde mich jämmerlich durchdreschen und würde sagen, daß es eine Schande ist. So ein großer Bengel, bald siebzehn Jahre alt, der sowieso zu nichts taugt, nicht einmal zum Schwarzhandel, so ein großer Bengel verliert auch noch alle Marken, wenn er weggeschickt wird, um für Fett Schlange zu stehen. Und nicht einmal das Fett habe ich gehabt. Es war keins mehr da, als ich so drei Stunden da gestanden hatte. Aber das wäre vielleicht vorübergegangen, das mit Vater und mit Mutter. Nur zu essen würden wir nichts haben, niemand würde uns was geben. Am Wirtschaftsamt würden sie uns auslachen, weil wir ja schon mal ein paar Karten verloren haben, und zu verkaufen und zu verscheuern hatten wir schon lange nichts mehr, und klauen, klauen geht nicht für so viele ...

Nein, ich mußte ins Wasser gehen, denn mich unter so ein großes, schweres Amiauto schmeißen, da hatte ich keinen Mut zu. Es kamen viele Autos am Rhein vorbei, aber kein Mensch war auf der Allee. Sie war kahl und kalt, und es kam ein feuchter und eisiger Wind von dem großen, grauen, schnell vorbeifließenden Wasser. Ich ging immer geradeaus, und nachher hab ich mich gewundert, wie schnell ich an das Ende der Allee gekommen bin. Die Bäume purzelten nur so neben mir weg, fielen um wie Knüppel und waren verschwunden, und ich mochte mich nicht umsehen. So

bin ich sehr schnell an das Ende der Allee gekommen, wo der Rhein ein bißchen breiter ist und wo so eine flache Anfahrt für die Paddelboote ist, und wo ein bißchen weiter die kaputte Brücke ist. Da war auch kein Mensch, nur da vorne, wo die Anfahrt für die Paddelboote ist, da saß ein Ami und guckte ins Wasser. Es sah komisch aus, wie er da hockte. Er saß auf seinen Hacken, es war wohl zu kalt, sich auf die Steine zu setzen, und so hockte er da und warf die teuren Kippen ins Wasser. Jede Kippe, dachte ich, ist fast ein halbes Brot. Vielleicht rauchte er auch gar nicht, aber die Amis rauchen doch alle nur Viertelzigaretten und schmeißen den Rest weg. Ich weiß es ja genau. Der hat's gut, dachte ich, der hat keinen Hunger und hat keine Marken verloren und wirft mit jeder Kippe Dreimarkfünfundsiebzig in den grauen, kalten Rhein. Wenn ich der wäre, dachte ich, ich würd' mich an den Ofen setzen und Kaffee trinken, statt hier am kalten Rhein zu hocken und ins schmutzige Wasser zu blicken ...
Ich lief weiter; ja, ich glaube, ich lief. Die Gedanken über den Ami waren ganz schnell und flüchtig, ich hab ihn furchtbar beneidet, ganz furchtbar beneidet hab ich ihn. Ich bin dann weitergegangen oder gelaufen, ich weiß es nicht, bis an die kaputte Brücke, und ich hab mir gedacht, wenn man sich von oben hinunterstürzt, dann ist es vorbei, dann geht es ganz schnell. Ich hab es mal gelesen, daß es schwer ist, sich zu ertränken, indem man langsam ins Wasser reingeht. Man muß sich von oben hoch reinstürzen, das ist das Beste. Und so bin ich auf die kaputte Brücke zugelau-

fen. Es waren keine Arbeiter da. Vielleicht haben sie gestreikt, oder man kann in der Kälte nicht draußen an den Brücken arbeiten. Von dem Ami hab ich gar nichts mehr gesehen, ich habe mich überhaupt nicht umgesehen.

Nein, habe ich gedacht, es gibt keine Hilfe und keine Hoffnung, und kein Mensch wird uns die Marken ersetzen, es sind auch zu viele, Vater und Mutter, die beiden Großen, das ganz Kleine und ich, und die Mütterkarte und die Schwerarbeiterkarte von Vater. Es nützt alles nichts, ersäuf' dich, dann haben sie wenigstens einen Esser weniger. Es war sehr kalt, sehr kalt, da in der Allee am Rhein, es pfiff, und kahle Äste fielen von den Bäumen, die im Sommer so schön sind. Es war schwer, auf die kaputte Brücke zu klettern, sie hatten die Asphaltreste rausgeschlagen, und es war nur noch das Gerüst da, und darüber lief so eine kleine Schienenbahn, mit der sie wohl die Trümmer abschleppten.

Ich bin ganz vorsichtig geklettert, und furchtbar gefroren habe ich, und Angst gehabt, nach unten zu stürzen. Ich weiß noch gut, daß ich gedacht hab, es ist doch Blödsinn, daß du Angst hast zu fallen, wo du dich ersäufen willst. Wenn du hier runterfällst auf die Straße oder auf die Trümmer, bist du auch tot, und dann ist es doch gut, das willst du doch. Aber es ist ganz etwas anderes, ich weiß nicht was. Ich wollte mich eben ins Wasser stürzen und nicht kaputtfallen, und ich dachte, daß man dann furchtbare Schmerzen hat und vielleicht nicht einmal tot ist. Und ich wollte keine Schmerzen dabei haben. So bin ich ganz vorsichtig über die kahle Brücke geklettert bis vorne, ganz vorne, wo der Schienenstrang im Nichts ausläuft. Da habe ich gestanden und in das graue, graue, murmelnde Wasser gesehen, ganz nah vorne habe ich gestanden. Ich habe gar keine Angst gehabt, nur Verzweiflung, und ich wußte plötzlich, daß die Verzweiflung schön ist, sie ist ganz süß und nichts, sie ist nichts, es ist einem alles egal. Der Rhein war ziemlich hoch und grau und kalt, und ich hab lange in sein Gesicht gesehen und hab gesehen, wie der Ami da gehockt hat, immer noch, und wie er doch tatsächlich eine teure Kippe ins Wasser geworfen hat. Und ich hab mich gewundert, daß er so nah bei mir war, viel näher, als ich gedacht hatte, und ich habe noch einmal die ganze kahle Allee hinunter geblickt, und dann habe ich wieder plötzlich in den Rhein geblickt, und es ist mir furchtbar schwindelig geworden, und dann bin ich gestürzt! Ich weiß nur noch, daß ich zuletzt an die Mutter gedacht hab und daß es vielleicht doch schlimmer ist, wenn ich tot bin, als daß die Marken weg sind, alle Marken ... von Vater und Mutter und von den beiden Großen und dem ganz Kleinen und die Mütterkarte und Schwerarbeiterkarte von Vater und ... ja ... ja, auch meine Karte, wo ich doch ein ganz unnützer Esser bin und nicht einmal zum Schwarzhandel tauge ...

Ich hatte bestimmt eine Stunde dort gehockt am trüben Rhein und ins Wasser gestarrt. Immer habe ich nur an das blonde Luder gedacht, die Gertrud, die mich närrisch gemacht hat. Damned, habe ich gedacht und hab meine Zigarette in den Rhein gespuckt, schmeiß dich rein, in die

graue Brühe, und laß dich runterschleppen nach ... nach Holland, ja, und dann weiter ... na, in den Kanal, bis tief auf den Meeresgrund. Es war kein Mensch ringsum, und das Wasser hat mich ganz verrückt gemacht. Ich weiß genau, es war das Wasser, und immer die Gedanken bei dem hübschen Luder, das mich nicht haben wollte. Nee, sie wollte mich nicht, und ich wußte ja genau, daß es nie, nie was mit ihr werden würde. Und das Wasser ließ mich nicht los, das Wasser machte mich toll. Damned, habe ich gedacht, schmeiß dich rein und du hast Ruhe vor diesen verdammten Weibern, schmeiß dich rein, schmeiß dich rein ...
Und ich hab gehört, daß jemand wie'n Wahnsinniger die Allee hinabrannte. Ich habe nie einen so rennen sehen. Der rennt ins Verderben, habe ich gedacht und habe wieder auf das Wasser gestarrt, aber die Schritte da oben in der menschenleeren Allee haben mich doch wieder aufblicken lassen, und ich habe gesehen, wie der Bengel oben auf die zertrümmerte Brücke zu rannte, und gedacht, sie sind sicher hinter ihm her und hoffentlich gelingt es ihm, wegzukommen, ganz gleich, ob er geklaut hat oder was weiß ich. So ein langer dünner Bengel, der lief, als ob er übergeschnappt wäre. Ich habe wieder aufs Wasser geblickt, schmeiß dich rein, schmeiß dich rein, schmeiß dich rein, verdammt, was wartest du noch, schmeiß dich doch rein, hat es geflüstert ... niemals wirst du sie bekommen, niemals, schmeiß dich rein und laß dich von der grauen Brühe nach Holland tragen, verdammt, und ich habe die dritte Zigarette ins Wasser gespuckt.

Gott, habe ich gedacht, was tust du hier in diesem Land, in diesem irrsinnigen Land, wo Gott und alle Welt nur hinter Zigaretten her ist. In diesem schrecklichen, verrückten Land, wo es keine Brücken mehr gibt und keine Farbe, gar keine Farbe, verdammt, nur Grau. Und alle hetzen sie hinter weiß Gott was her. Und dieses Weib, das irrsinnige, langbeinige Luder wird niemals dein, nicht für eine Million Zigaretten wird sie dein, verdammt.
Aber da hab ich gehört, wie dieser verrückte Bengel da oben auf der Brücke rumgekrochen ist. Das Eisengerüst hat ganz hohl geklungen unter seinen genagelten Stiefeln, und der verrückte Bengel ist bis ganz vorne geklettert, und da hat er gestanden, unheimlich lange hat er gestanden und hat auch in das schmutzige, graue Wasser geguckt, und mit einem Male habe ich gewußt, daß keiner hinter ihm her ist, sondern daß er ... Damned, hab ich gedacht, der will sich ja ins Wasser stürzen! Und ich habe einen ordentlichen Schrekken gekriegt und nur noch dahin gesehen, wo dieser verrückte Bengel oben ganz still und stumm in dem Maul von der kaputten Brücke gestanden hat, und habe gemeint, er schwankt ein bißchen ...
Und ich habe die vierte Zigarette automatisch in den Rhein gespuckt und nur noch die Gestalt da oben gesehen, ganz kalt ist mir ums Herz gewesen, und ich habe einen furchtbaren Schrecken gekriegt. Dieser Junge, dieser blutjunge Bengel, was kann der denn schon für Kummer haben, habe ich gedacht. Liebeskummer, und ich hab gelacht, ich meine wenigstens, ich hätte gelacht, ich weiß es nicht. Kann denn

dieser blutjunge Bengel schon Liebeskummer haben, habe ich gedacht. Das Wasser hat geschwiegen, und es war so leise, daß ich geglaubt habe, ich hör den Atem von diesem Bengel da oben, der immer noch stumm und starr im Maul von der kaputten Brücke stand. Damned, hab ich gedacht, das darf nicht sein, und ich habe rufen wollen, aber dann habe ich gedacht, du erschreckst ihn und dann fällt er bestimmt. Es war unheimlich still, und wir beide waren ganz allein auf der Welt mit diesem schmutzigen, grauen Wasser.

Und dann, Gott, dann hat er mich angesehen, richtig angesehen, und ich habe immer noch da gehockt, ganz starr, und Klatsch! da ist der verrückte Kerl tatsächlich unten im Wasser gewesen!

Da bin ich aber richtig wach geworden, verdammt, und ich habe im Nu meinen Rock weggeschmissen, auch die Mütze. Ich habe mich reingeschmissen in das kalte Wasser und bin losgeschwommen, es ging sehr schwer, und es war ein Glück, daß die Strömung ihn auf mich zu getragen hat. Dann war er plötzlich weg, versunken, verdammt, und meine Schuhe waren voll Wasser und waren wie Blei an meinen Füßen, auch mein Hemd war wie Blei, und kalt war's, eiskalt, und der Bengel ist gar nicht mehr zu sehen gewesen ... damned, ich bin losgepaddelt, und dann hab ich ein bißchen auf der Stelle getreten und hab geschrien, ja, geschrien hab ich ... und, verdammt, da ist der Bengel hochgekommen, und er war schon ein Stück stromab, und ich hab nicht gedacht, daß die Strömung so verflucht rasch ist. Jetzt ist mir richtig ein bißchen warm geworden vor Schreck, als ich gesehen hab, wie dieses leblose Bündel da in dem grauen, schmutzigen Wasser abgehauen ist, und, verflucht, ich hinter ihm her, und wie ich kaum zwei Schritt von ihm weg war, ich hab so gut dieses verdammt helle Haar gesehen, da ist er wieder weg, einfach weg, verdammt ... aber ich einfach drauf und runter mit dem Schädel, und Herrgott! ich hatte ihn beim Wickel ...

Keiner auf der Welt weiß, wie leicht mir's geworden ist, als ich ihn beim Wickel hatte. Mitten im Rhein, und es war nur graues, kaltes, schmutziges Wasser, und ich war wie Blei so schwer und kalt, und doch ist's mir leicht geworden. Ich habe eben keine Angst mehr gehabt, das ist's wohl gewesen ... und ich bin langsam mit ihm seitlich, quer zur Strömung und ans Ufer und habe mich gewundert, wie nah das Ufer doch war ...

Verdammt, ich hab keine Zeit gehabt, zu frieren und zu jammern, obwohl mir's verflucht sauer geworden ist. Ich hatte eine Menge Wasser geschluckt, und mir ist speiübel gewesen von dem dreckigen Zeug, aber ich hab einmal gut verpustet, und dann hab ich mir seine Arme geschnappt und hab sie geschwenkt, geschwenkt, geschwenkt; immer vorschriftsmäßig, und dabei ist mir verdammt warm geworden ... Keine Sau ist da oben am Ufer gewesen, und niemand hat's gehört und gesehen. Dann hat der Bengel die Augen aufgeschlagen, verdammt, so'n paar himmelblaue Kinderaugen, um Gottes willen, und er hat Wasser gekotzt immerzu ... Damned, hab ich gedacht, hat der Bengel denn nichts wie Wasser im Bauch, aber es ist rein nichts anderes wie Wasser gekommen, und er hat sich verdammt verpflichtet gefühlt, auch noch zu lächeln, der Bengel hat mir verdammt zugelächelt ...

Mir ist jetzt ganz beschissen kalt gewesen in dem nassen Zeug, und ich hab gedacht, du holst dir 'nen Pips, und auch er hat sich geschüttelt wie 'ne Katze, die's graue Kotzen kriegt.

Da hab ich ihn hochgezogen und hab gesagt: »Go on, boy ... lauf ...«, und ich hab ihn einfach am Arm gepackt und bin mit ihm die Rampe raufgelaufen, er hat geschlackert in meinem Arm wie 'ne Puppe, dann ist er nochmal stehen geblieben und hat nochmal graues Wasser ausgekotzt, nur schmutziges, graues Rheinwasser, und dann hat er besser laufen können ...

Damned, hab ich gedacht, er muß warm werden und du mußt warm werden, und wir sind zuletzt ganz schön gelaufen, bis oben auf die Allee und noch 'nen Stück über die Allee. Mir ist ganz warm geworden, und ich hab ordentlich gepustet, aber der Bengel hat sich immer geschüttelt wie 'ne Katze. Damned, hab ich gedacht, er muß in ein Haus und dann in ein Bett, aber es war kein Haus da, nur ein paar Trümmerhaufen und Eisenbahnschienen, und es ist auch schon dämmerig geworden. Aber da kam ein Wagen von uns, so ein kleiner, und ich bin schnell auf die Straße gestürzt und hab die Arme geschwenkt. Der Wagen ist erst weitergefahren, es war ein Neger drin, aber ich hab ganz laut geschrien: »Hallo, Boy ...«, und er hat sicher an meiner

Stimme gehört, daß ich auch aus den Staaten war, ich hatte ja keinen Rock und keine Mütze an. Da hat er gehalten, und ich hab den Bengel herbeigeschleppt, und der Neger hat den Kopf geschüttelt und hat gesagt: »Armes, armes Kind, ertrunken, was?«
»Ja«, hab ich gesagt, »fahr los, und schnell!« und hab ihm mein Quartier genannt.
Der Junge hat neben mir gesessen und hat wieder so erbärmlich gelächelt, daß es mir ganz komisch geworden ist, und ich hab ihm den Puls ein bißchen gefühlt, der war ganz normal ...
»Schneller!« hab ich dem Neger zugerufen, und er hat sich umgedreht und hat gegrinst und ist tatsächlich noch schneller gefahren, und zwischendurch hab ich immer gesagt: »Links – rechts, wieder rechts«, und so weiter, bis wir wirklich an meinem Quartier gehalten haben ...
Pat und Freddie standen im Flur und haben gelacht, als sie mich kommen sahen: »Boy, ist das deine liebliche Gertrud?« Aber ich hab ihnen zugerufen: »Lacht nicht, Jungens, helft mir, den Bengel hier hab ich aus dem Rhein gezogen.« Sie haben mir geholfen, ihn raufzutragen auf unser Zimmer, Pats und mein Zimmer, und ich hab Freddie gesagt: »Koch uns 'nen Kaffee.« Dann hab ich ihn aufs Bett geschmissen, ihm die nassen Brocken runtergerissen und ihn lange mit meinem Frottiertuch gerieben. Verdammt, war der Kerl mager, schrecklich mager ... wie ... wie ... verdammt, wie 'ne lange blasse Nudel hat er ausgesehen ...
»Pat«, hab ich gesagt, denn Pat hat dabeigestanden, »reib du

mal weiter, ich muß mir mal die Klamotten ausziehen.« Damned, ich war auch naß wie 'ne Katze und hab schreckliche Angst vor 'nem Pips gehabt. Und Pat hat mir das Tuch gegeben, denn der lange Bengel im Bett war jetzt knallrot wie ein Baby, und er hat wieder gelächelt ... und Pat hat ihm den Puls gefühlt und gesagt: »Okay, Jonnie, nichts passiert, glaub ich ...«

Die Jungens sind verdammt anständig gewesen, Freddie hat uns Kaffee gebracht, und Pat hat Wäsche gestiftet für den Jungen, und der hat im Bett gelegen und hat Kaffee getrunken und gelächelt, und ich hab mit Pat auf den Stühlen gesessen, und Freddie ist gegangen, und ich glaub, daß er wieder zu den Weibern gegangen ist ...

Ach, hab ich gedacht, das war ja 'ne schreckliche Hetze, aber es hat gutgegangen, Gott sei Dank!

Pat hat ihm 'ne Zigarette in den Mund gesteckt, und die hat der Bengel verdammt geraucht. Diese Deutschen, hab ich gedacht, rauchen alle wie die Verrückten, sie saugen an den Stengeln, als sei das Leben selber drin, und ihre Gesichter werden ganz verrückt. Ja, und es ist mir eingefallen, daß mein Rock noch da unten am Wasser gelegen hat, mit dem Foto, und meine Mütze auch, aber scheiß drauf, hab ich gedacht, wozu brauch ich das Foto noch ...

Es war richtig friedlich und still, und der Bengel hat ganz munter gefuttert, denn Pat hat ihm noch ein Stück Brot und 'ne Büchse Beef gegeben und hat ihm immer wieder Kaffee eingeschenkt ...

»Pat«, hab ich dann gesagt und hab mir auch 'ne Zigarette

angesteckt, »Pat, meinst du, daß man ihn mal fragen kann, warum er denn ins Wasser gegangen ist ...«
»Klar«, hat Pat gesagt, und Pat hat ihn auch gefragt.
Das Küken hat uns ganz verrückt angesehen, dann hat es was zu mir gesagt, und ich hab Pat angesehen, und Pat hat die Schulter gezuckt. »Er sagt was von Lebensmitteln, aber das eine Wort verstehe ich nicht, ich versteh's nicht ...«
»Was für'n Wort?« hab ich gefragt.
»Marken«, hat Pat gesagt.
»Marken?« hab ich den Jungen gefragt.
Er hat genickt und hat noch ein Wort gesagt, und Pat hat gesagt: »Verloren hat er sie ... diese Dinger, diese Marken ...«
»Was ist das, Pat, Marken?« hab ich gefragt.
Aber Pat wußte es ja nicht.
»Marken«, hab ich zu dem Jungen auf deutsch gesagt, »was ist das«, denn ›was ist das‹ hab ich gut sagen können auf deutsch, auch Liebeskummer hab ich sagen können, sonst nichts, dieses verdammte Weibsbild hat's mir beigebracht ...
Der Junge hat mich verdattert angesehen, dann hat er mit seinen dünnen Fingern so'n komisches Viereck auf die Nachttischplatte gezeichnet und hat gesagt: »Papier.«
Papier versteh ich auch, und ich dachte, ich hätte 's jetzt begriffen.
»Ach«, hab ich gesagt, »Paß, du hast den Paß verloren.«
»Nee«, hat er gemacht, »Marke.«
»Verflucht, Pat«, hab ich gesagt, »diese Marken machen

mich ganz verrückt. Es muß doch was Dolles sein, daß er wegen so was ins Wasser gehen mußte.«
Pat hat eingeschenkt, jedem noch 'ne ganze Tasse, aber diese verdammten Marken haben mir keine Ruhe gelassen. Mein Gott, ich hatte doch gesehen, wie der blutjunge Kerl da oben stumm und starr in dem Maul der kaputten Brücke gestanden hat und: Klatsch! Verflucht.
»Pat«, hab ich gesagt, »guck doch mal nach, du hast doch ein Lexikon.«
»Klar«, hat Pat gesagt und ist aufgesprungen und hat's Lexikon aus dem Schrank geholt.
Ich hab derweil dem Jungen zugenickt und hab ihm noch 'ne Zigarette gegeben, er hat verdammt die ganze Büchse Beef gegessen gehabt, und alles Brot, und der Kaffee hat ihm wohl mächtig gutgetan. Verdammt, wie diese Burschen rauchen, das ist was Verrücktes, die rauchen, wie wir nur manchmal im Krieg geraucht haben, wenn's hart herging. Die rauchen immer wie im Kriege, diese Deutschen ...
»Hoppla«, hat Pat gerufen, »ich hab's«, und er ist aufgesprungen, hat einen Brief aus dem Schrank geholt und hat dem Bengel die Briefmarke gezeigt, aber der hat nur den Kopf geschüttelt und hat sogar ein bißchen gelächelt ...
»Nee«, hat er gemacht, und er hat wieder dieses verrückte Wort gesagt, wegen dem er doch ins Wasser gegangen ist; und ich hab's gar nicht gekannt.
»Halt«, hat Pat gesagt, »ich hab's, das ist ein Wort, das heißt ›Lebensmittelmarken‹«, und er hat eifrig in seinem Lexikon geblättert.

»Hast du noch Hunger?« hab ich mit den Händen zu dem Jungen gemacht. Aber er hat eifrig den Kopf geschüttelt und hat sich noch 'ne Tasse Kaffee eingeschenkt. Verdammt, wie die Kaffee saufen können, eimerweise, hab ich gedacht ...

»Verflucht«, hat Pat gerufen. »Diese Lexiköner, diese Scheißlexiköner, diese gottverdammten Scheißlexiköner, da stürzt sich so'n Bengel wegen was ins Wasser, und es steht nicht einmal im Lexikon.«

»Boy«, hab ich zu dem Küken gesagt, auf amerikanisch natürlich, »sag es ganz ruhig, was es ist, wir sind doch Menschen, wir müssen uns doch verstehen. Sag's ihm, sag's Pat«, und ich hab auf Pat gezeigt, »sag's ihm ganz ruhig.« Und Pat hat gelacht, aber er hat ganz still und fein zugehört, wie der Junge es ihm ruhig gesagt hat, ganz ruhig, das arme Küken war ganz verlegen geworden; und er hat lange und langsam zu Pat gesprochen, und ich hab ein Teil verstanden, und Pats Gesicht ist ganz ernst geworden ...

»Verdammt noch mal«, hat Pat gesagt, »wir sind ja blöd. Die kriegen doch ihre Lebensmittel auf Karten, verstehst du? Die haben doch Lebensmittelkarten, verstehst du, Gott verdammich, daß wir daran nicht gedacht haben, und die hat er verloren, und deshalb ist er in den Rhein gegangen.«

»Damned«, hab ich gemurmelt, »da geht so'n junger Kerl ins Wasser, und wir wissen nicht, warum, können's uns nicht vorstellen ...«

Man muß es sich doch wenigstens vorstellen können, hab ich gedacht, das ist doch das wenigste, wenn man's auch

nicht am eigenen Leib fühlt, man muß es sich doch wenigstens vorstellen können ...
»Pat«, hab ich gesagt, »wenn er sie verloren hat, verdammt, dann müssen sie ihm doch neue geben. Das ist doch Papier, und sie können's drucken, und sie müssen ihm einfach neues Papier geben, das ist doch kein Geld. Das kann doch passieren, daß man das verliert, 's gibt doch verdammt genug von dem gedruckten Zeug ...«
»Quatsch«, hat Pat gesagt, »sie tun's ja eben nicht. Weil's doch welche gibt, die sagen nur, sie hätten sie verloren, und verkaufen sie oder fressen das Doppelte, und es wird ihnen zu viel auf den Ämtern. Verdammt, es ist wie im Krieg, wenn du deine Flinte verloren hast und es steht dir plötzlich einer gegenüber, und du kannst einfach nicht schießen, kannst's nicht, weil du keine Flinte hast. Es ist ein verdammter Krieg, den sie mit ihrem Papier haben, das ist's.«
So, hab ich gedacht, dann ist das ja furchtbar, dann haben sie einfach nicht zu essen, haben einfach nichts, nichts, und es ist nichts zu machen, und deshalb also ist er gelaufen wie'n Verrückter und hat sich in den Rhein geschmissen ...
»Ja«, hat Pat gesagt, als wenn er mir antworten wollte auf meine Gedanken, »und er hat sie alle verloren, alle Karten von ... na, ich glaub, sechs Personen und noch andere, andere Karten, von denen ich einfach nicht versteh, was er meint ... für 'nen Monat ...«
Verdammt, hab ich gedacht, was wollen sie denn machen, wenn's so ist. Da können sie gar nichts machen, da steht so'n Bengel und hat die Karten verloren, und ich hab mir ge-

dacht, ich wär auch ins Wasser gerannt an seiner Stelle. Aber ich hab's mir doch nicht vorstellen können ... nee, ich glaub, man kann's sich nicht vorstellen ...
Ich bin aufgestanden und hab dem Bengel zwei Packungen Zigaretten aus dem Schrank geholt, und da hab ich doch 'nen Schrecken gekriegt, wie er mich angeguckt hat. Verdammt, hat er mich komisch angeguckt, ich hab gedacht, der wird uns verrückt, der wird uns glatt verrückt, so'n Gesicht hat der Bengel gemacht ...
»Pat«, hab ich geschrien, ja ich glaub, ich hab geschrien, »tu mir den Gefallen und bring den Jungen weg, bring ihn weg«, hab ich geschrien, »ich kann's nicht sehen, das Gesicht, dieses dankbare Gesicht, wegen zwei Packungen Zigaretten, ich kann's nicht sehen, nee, das ist, als wenn ich ihm die ganze Welt geschenkt hätte. Pat«, hab ich geschrien, »bring ihn weg und pack ein, pack alles ein, was da ist, pack es ihm ein ...«
Verdammt, ich bin froh gewesen, als Pat mit dem Küken weggegangen ist. Pat wird ihm schon einpacken, hab ich gedacht; und du hast da gesessen an dem grauen, schmutzigen Wasser, hast mit dem Wasser ein bißchen geplaudert wegen so 'nem dünnen Weibergesicht und hast gedacht: schmeiß dich rein, schmeiß dich rein, laß dich mitrollen bis nach ... ha, nach Holland, verdammt, aber das Kind hat sich reingeschmissen, Klatsch, hat's sich reingeschmissen wegen so ein paar Fetzen Papier, die vielleicht nicht mal 'nen Dollar wert sind.

Ein Hemd aus grüner Seide

Ich machte es genau so, wie man mir gesagt hatte: ohne anzuklopfen stieß ich die Tür auf und trat ein. Dann aber war ich doch erschrocken, als ich plötzlich einer dicken, großen Frau gegenüberstand, deren Gesicht etwas Seltsames zeigte, eine phantastische Färbung: es war gesund, durch und durch gesund, einfach gesund, ruhig und sicher.
Der Ausdruck ihrer Augen war kalt: sie stand am Tisch und putzte Gemüse. Neben ihr stand ein Teller mit Resten eines Eierkuchens, an denen eine große, fette Katze herumschnupperte. Eng war die Bude und niedrig, schlecht die Luft und ebenfalls fett. Eine scharfe, würgende Bitterkeit saß mir im Hals, während mein schüchterner Blick zwischen Eierkuchen, Katze und dem gesunden Gesicht der Frau unruhig hin und her ging.
»Was wollen Sie?« fragte sie, ohne aufzublicken.
Ich öffnete mit zitternden Händen den Verschluß meiner Tasche, stieß dabei mit dem Kopf gegen den niedrigen Türrahmen und brachte schließlich mein Objekt zutage: ein Hemd.
»Ein Hemd«, sagte ich heiser, »ich dachte ... vielleicht ... ein Hemd.«
»Hemden hat mein Mann für zehn Jahre!« Aber dann hob sie den Blick wie zufällig, ihre Augen hefteten sich auf das grüne, weiche, knisternde Hemd, und als ich eine unbezähmbare Gier in ihren Augen aufflackern sah, dachte ich,

daß die Sache gewonnen wäre. Sie packte das Hemd, ohne die Finger abzuputzen, faßte es an der Schulter, ließ es nach unten fallen, drehte es, betrachtete jede Naht, dann ließ sie ein undeutliches Murmeln hören. Ungeduldig und ängstlich sah ich ihr zu, wie sie dann weiter den Kohl sauber machte, zum Herd ging, den Deckel eines brutzelnden Kessels hob. Der Duft heißen, guten Fettes verbreitete sich in der Stube. Inzwischen hatte die Katze lange an dem Eierkuchen herumgeschnüffelt, ohne ihn offenbar gut und frisch genug zu finden. Sie hüpfte mit einem faulen und eleganten Sprung auf den Stuhl, vom Stuhl zum Boden und schlüpfte an mir vorbei durch die Tür.

Das Fett brodelte, ich glaubte das knisternde Hüpfen der Speckstücke in dem Topf unter dem Deckel zu hören, denn inzwischen hatte mir eine uralte Erinnerung gesagt, daß es Speck war, Speck in diesem Topf. Die Frau schrappte weiter an ihrem Kohl. Irgendwo brüllte leise eine Kuh, ein Karren knarrte, und immer noch stand ich da an der Tür, während mein Hemd auf einer dreckigen Stuhllehne baumelte, mein geliebtes, weiches, grünseidenes Hemd, nach dessen Weichheit ich mich sieben Jahre gesehnt hatte ...

Ich hatte das Gefühl, auf einem glühenden Rost zu stehen, während das Schweigen mich maßlos und auf eine schreckliche Weise bedrückte. Der Eierkuchen war inzwischen von einer schwarzen Wolke träger Fliegen bedeckt: Hunger und Ekel, ein scheußlicher Ekel, vereinten sich zu einer beißenden Bitterkeit, die mir den Hals verengte; ich begann zu schwitzen.

Endlich griff ich zögernd nach dem Hemd. »Sie«, sagte ich, heiserer noch als vorhin, »Sie ... wollen nicht?«
»Was wollen Sie dafür haben?« fragte sie nun kalt, ohne aufzublicken. Ihre flinken und geschickten Finger hatten den Kohl fertig gesäubert, sie packte die Blätter in ein Sieb, ließ Wasser darüber laufen, mengte alles unter dem Wasser, dann hob sie wieder den Deckel von jenem Topf, in dem der Speck brutzelte. Sie ließ die Blätter hineingleiten, und bei dem köstlichen Zischen kam wieder die Erinnerung über mich. Erinnerung an eine Zeit, die tausend Jahre zurückliegen mochte, und doch bin ich erst achtundzwanzig Jahre alt ...
»Na, was wollen Sie dafür?« fragte sie nun ungeduldiger.
Aber ich bin kein Händler, nein, obwohl ich sämtliche Schwarzmärkte zwischen Kap Gris Nez und Krasnodar besucht habe.
Ich stotterte: »Speck ... Brot ... vielleicht Mehl, ich dachte ...«
Nun hob sie zum ersten Mal ihre kühlen blauen Augen, blickte mich kalt an, und in diesem Augenblick wußte ich, daß ich verloren war ... niemals, niemals mehr im Leben würde ich wissen, wie Speck schmeckt, Speck würde immer nur eine Welle schmerzlicher Geruchserinnerung für mich bleiben ... alles war mir gleichgültig, ihr Blick hatte mich getroffen, mich durchbohrt, und nun strömte ich leer ...
Sie lachte. »Hemden«, rief sie höhnisch, »Hemden kann ich für ein paar Brotmarken haben.«
Ich riß das Hemd vom Stuhl, knüpfte es der Schreienden

um den Hals und hängte sie wie eine abgesoffene Katze an den Nagel unterhalb des großen Kruzifixes, das schwarz und drohend über ihrem Gesicht an der gelbgetünchten Wand hing ... aber das tat ich nur in Gedanken. In Wirklichkeit packte ich mein Hemd, knüllte es zusammen und schob es wieder in die Tasche, dann wandte ich mich zur Tür.

Die Katze hockte in der Diele neben einer Schüssel Milch, die sie gierig schleckte, und als ich an ihr vorbeiging, hob sie den Kopf und nickte, als wollte sie mich grüßen und trösten, und in ihren grünen, verschleierten Augen war etwas Menschliches, etwas unsagbar Menschliches ... Aber da man mir gesagt hatte, ich müsse auch Geduld haben, fühlte ich mich verpflichtet, es noch einmal zu versuchen. Schon um der bedrückten Heiterkeit des Himmels zu entfliehen, stieg ich irgendwo unter krüppeligen Apfelbäumen über Jauchepfützen und pickende Hühner zu einem größeren Hof hin, der etwas abseits unter dem gediegenen Schatten uralter Linden lag. Die Bitterkeit mußte mir den Blick getrübt haben, denn im letzten Augenblick erst gewahrte ich einen kräftigen Bauernburschen, der auf einer Bank vor dem Hause saß und zwei fressenden Pferden liebkosende Worte zuwarf. Als er mich erblickt hatte, rief er lachend durch ein offenes Fenster ins Haus hinein: »Mama. Numero achtzehn kommt.« Dann schlug er sich amüsiert auf die Schenkel und begann, eine Pfeife zu stopfen; seinem Lachen antwortete drinnen ein fettes Gurren, und das glänzende überrote Gesicht einer Frau erschien für eine Sekunde in dem Fensterrahmen wie ein triefender Pfannekuchen. Ich machte auf der Stelle kehrt und lief über Pfützen, Hühner und schnatternde Gänse hinweg zurück, ich rannte wie ein Wahnsinniger, die Tasche krampfhaft unter den Arm geklemmt. Erst als ich die Dorfstraße wieder erreicht hatte, ging ich langsamer, den Berg, den ich vor einer halben Stunde erklommen, wieder hinunter.

Ich atmete auf, als ich unter mir die graue freundliche Schlange der Landstraße wieder erblickte, von sanften Bäumen umsäumt. Meine Pulse wurden ruhiger, und die Bitterkeit ließ nach, als ich unten an der Kreuzung saß, wo die steinige, verwahrloste, von muffigen Gerüchen durchzogene Dorfstraße in die Freiheit der Chaussee mündete.

Ich troff vor Schweiß.

Plötzlich lächelte ich, zündete meine Pfeife an, riß mir das alte, verklebte und schmutzige Hemd vom Leibe und schlüpfte in die kühle, sanfte Seide; es floß milde an mir herab und durch mich hin, und alle, alle Bitterkeit schmolz aus mir weg wie ein Nichts, und als ich auf der Landstraße wieder dem Bahnhof zuschritt, stieg aus meinem tiefsten Inneren eine Sehnsucht auf nach dem armen, verworfenen Gesicht der Stadt, unter dessen verzerrter Fratze ich so oft die Menschlichkeit der Not gesehen habe.

In guter Hut

Als ich wach wurde, wollte ich es zuerst gar nicht glauben, nein, das konnte nicht wahr sein. Ich schob meine linke Hand noch einmal unter der Decke hervor, nahm sie wieder zurück. Träumte ich noch? Das konnte nicht wahr sein; sollte die Kälte wirklich über Nacht gebrochen sein? Warm war es ... und mild; oh, ich war mißtrauisch. Ich weiß nicht, ob Sie auch 1917 geboren sind ... wir sind alle sehr mißtrauisch, die Überreste dieses Jahrgangs, so selten sind wir wie die Zigaretten bei den sogenannten ehrlichen Leuten. Nun, ich mußte schließlich meinen Sinnen trauen, ich stand auf; ja, es war wirklich lau, die Sonne schien warm und sanft, die Fenster waren ganz eisfrei ... sie schimmerten feucht, wie die Augen der jungen Mädchen, die noch an die Liebe glauben.

Mein Herz war so leicht, während ich mich anzog ... oh, welch eine Erleichterung, daß die grausame, mörderische Kälte gebrochen war. Ich blickte zum Fenster hinaus ... waren die Schritte der Leute nicht freier und froher, obwohl die Straße naß war ... aber von einer freundlichen Nässe; zwischen grauen Wolken schien eine feuchte Sonne ... und, ja, fast hätte ich geglaubt, daß die Bäume grünten! Welch ein verstiegener Blödsinn, mitten im Januar! Aber Sie sehen, wie wenig man seinen Sinnen trauen kann und mit welch einer Berechtigung ich mißtrauisch war; oh, immer vorsichtig. Sie werden es lächerlich finden, aber ich war kaum einige hundert Meter gegangen, als ich spürte, daß ich schwitzte ... tatsächlich; Sie werden denken ... Jahrgang 1917 ... im Kriege geboren und im Kriege übergeschnappt ... nein, nein, es ist wirklich wahr, ich schwitzte ...

Und ich fühlte mich so leicht, die laue Luft und die Sonne und die traumhafte Gewißheit, daß die Kälte offenbar wirklich gebrochen war, machten mich maßlos leichtsinnig ... ich kaufte an der Ecke für mein letztes Geld eine gute Zigarette, pumpte sie genußvoll durch meine Lunge und blies den dünnen, grauen Rauch in die Frühlingsluft ... ich lächelte einem hübschen, rothaarigen Mädchen, das mir Brotmarken anbot, bedauernd zu, und wups! sprang ich auf die Straßenbahn, die in voller Fahrt vorbeikam; war nicht in den Augen der Leute trotz allen Elends ein mattes Lächeln der Erleichterung, weil die grausame Kälte von irgendwelchen »Warmluftmassen« überwunden war ...

Vibrierte nicht die zärtliche, süße Luft von Seufzern der Erleichterung; ich fand sogar einen brauchbaren Fahrschein in den Tiefen meines Mantelfutters ... so konnte ich die fünfzig Pfennige unangebrochen in der Tasche behalten.

Ich rauchte die Zigarette, ohne sie abzuknipsen, bis zu Ende. Das war lange nicht vorgekommen, wie leichtsinnig; ich rechnete benommen nach: seit dem April 1945 ... also fast seit zwei Jahren, seit den ersten Tagen der Gefangenschaft hatte ich keine Zigarette, ohne sie zu köpfen, zu Ende geraucht; ging eine grundlegende Veränderung mit mir vor?

Ich spuckte den letzten Rest, der fast schon an meinen Lippen glühte, zur Straßenbahn hinaus. Die Schaffnerin rief mit fröhlicher Stimme: »Bahnhof!« Ich stieg nachdenklich aus ...

Welch eine Wonne, im Rummel des großen Wartesaales unterzutauchen! Sie werden sagen, oder mindestens denken: wie kann ein Mann, der jahrelang Soldat war, der in allen großen Wartesälen Europas bis zum Stumpfsinn auf irgendwelche Züge hat warten müssen, wie kann ein solcher Mann einen Genuß daran finden, in einem Wartesaal zu sitzen? Oh, Sie verstehen das nicht. In diesem Bienenschwarm gehetzter, bepackter Zeitgenossen, die als der Nachschwall des Krieges reisen, reisen müssen, irgendwohin und irgendwoher; mitten in diesem Trubel gehe ich den Geheimnissen der Einsamkeit nach ... der seligen Einsamkeit, die ich nie finden durfte ... oh, hier kann ich wirklich ganz, ganz allein sein und träumen, hemmungslos träumen. Die Stille ist nichts für uns ... die Stille erschreckt uns; die Stille reißt die schwache Decke des Gleichmutes, die wir über unsere Erinnerungen gebreitet haben, mit ihren grausamen Fingern auf und stößt mitten hinein in die ereignisschwere, blutige Finsternis unseres so kurzen und so sehr mit Schmerzen beladenen Lebens ... die Stille ... die Stille ist wie eine große, schneeweiße Leinwand, auf die wir, ohne es zu wollen, den tollen und so freudlosen Film unseres Lebens projizieren ... die Stille kann uns keine Ruhe bieten ...

Aber hier, in diesem unpersönlichen Summen, umkreist

von abenteuerlichen Bildern, inmitten von Geräuschen, die ich nicht höre, und von Erscheinungen, die ich nicht sehe ... hier ist ein gewisser Frieden, ja, so ist es, ein gewisser Friede, hier kann ich mich in meine Träume versenken. Sie werden das sehr töricht finden; aber ich habe inzwischen herausgefunden, daß es nichts Schöneres gibt als Torheiten ... wir haben leider nie Zeit gehabt, töricht zu sein ... das ist das Schrecklichste. Wir waren zu jung, als das Entsetzen über uns hereinbrach, und nun sind wir zu alt, um zu »lernen«. Oder wollen Sie mir sagen, was ich lernen soll? War mit der lauen, warmen Luft nicht die Hoffnung wach geworden in diesen grauen, armen Gesichtern der Heimatlosen ... Ich klimperte leichtfertig mit meinem Fünfgroschenstück gegen ein Bündel Sicherheitsnadeln, das ich in der Tasche trug; einer meiner Ticks, vom Militär her übrigens; ich muß immer Sicherheitsnadeln haben ... wenn Knöpfe abplatzen oder Risse entstehen; ein billiger Tick, werden Sie zugeben müssen, kein kostspieliger Spleen ... Mein Bier trank ich in einem Zuge aus; das fade Zeug schmeckte mir heute herrlich ... ich hatte regelrechten Durst; aber wo war mein Hunger geblieben? Ich setzte mich auf einen gerade frei werdenden Stuhl und grübelte hinter meinem Hunger her, der anscheinend mit der Kälte verflogen war ... oder hatte die Zigarette ihn aufgesogen? Ich erschrak zutiefst; wo war mein Hunger, dieser treue Begleiter seit vielen Jahren, dieses vielgestaltige, vielgesichtige Wesen, oft beißend und böse, manchmal nur sanft knurrend oder gar freundlich mahnend; dieses rätselhafte Ungeheuer,

das mich begleitete wie eine zweite Natur, schwankend zwischen wölfischer Gier und armseliger, rührender Bitte.
Ich werde eines Tages ein Gedicht schreiben, wenn Gott mir die Gnade schenkt ... ein Gedicht über meinen Hunger. Ich wurde sehr unruhig.
Nicht nur wegen des Hungers ... nicht nur wegen dieses unerwarteten Frühlings ... nicht nur wegen meiner fernen, unwirklichen Geliebten, dieser vielleicht nie geborenen oder in der grauenvollen Umarmung des Krieges gestorbenen, die ich manchmal hier mit bebendem Herzen erwartete ... nein, nein, heute war ich nebenbei aus einem ganz praktischen Grund hier. Ich wartete auf Edi. Edi wollte mir Bescheid sagen, ob die Sache klappen würde; wenn ja, würde ich im Besitz von dreihundert Mark sein ... wenn nein ... nun, dann war eben nichts; aber wenn es klappte, könnte ich mir eine Geige kaufen, die fehlte mir ... sie würde mich glücklich machen, noch glücklicher, noch freier ... oh, eine Geige! Ich liebe die Musik fast noch mehr als jene ferne, unwirkliche Geliebte, von der ich oft glaube, daß sie in der nächsten Minute in die Tür des Wartesaales treten wird, so daß ich gespannt und zitternden Herzens dorthin blicke ... atemlos und berauscht von dem Gedanken, daß sie nun Fleisch und Blut angenommen hat und lächelnd auf mich zukommt.
Ich wartete also auf Edi. Sie haben sich vielleicht schon einmal gefragt, worauf die Leute in den Wartesälen warten? Sie glauben wohl, sie warten alle auf ankommende und abfahrende Züge! Wenn Sie wüßten, worauf man warten

kann. Man kann auf alles warten, was es zwischen Nichts und Gott gibt! Ja, es gibt sogar Leute, die auf Nichts warten. Meine Haare haben sich schon stark gelichtet, Krankheiten, die man sonst nur bei Greisen findet, martern mich je nach Jahreszeit, und wenn ich – oh, erschrecken Sie bitte nicht – mein Hemd ausziehe, können Sie einige Narben sehen, die wie ein Gemälde von Goya auf Sie wirken würden; und dann die Narben, die Sie betrachten könnten, wenn ich erst ... aber da Sie eine Dame sind, will ich schweigen ... Sie werden es mir nicht glauben, daß ich vor zehn Jahren mein Abitur machte, mit knapper Not übrigens, und daß ich in diesen zehn Jahren nicht aus der Uniform herausgekommen bin ... bis auf die letzten fünf Monate, seit ich aus der Gefangenschaft zurück bin ... und ich habe nichts im Leben so voll und tief gehaßt wie die Uniform! Ich wußte nicht, welchen Beruf ich auf meinen Entlassungspapieren angeben sollte: Schüler? Abiturient? ... oh, hätte ich guten Gewissens sagen können: Arbeiter! Aber mit sehr lichtem Haar und fast dreißig Jahre alt ... und dann Abiturient! Oh, mir war nicht zum Lachen zumute ... mir gingen in diesem Augenblick die Augen auf ... Es war der größte Fehler meines Lebens, daß ich damals gegen meine bessere Einsicht auf den Rat der sogenannten vernünftigen, älteren Leute mich »freiwillig« meldete; weil es ja doch sein mußte: »... dann hast Du es hinter dir!« und so weiter. Und dieselben Leute raten mir heute so allerlei: lerne ein Handwerk ... gehe zur Universität! Vielleicht werden Sie verstehen, daß ich heute sehr mißtrauisch ge-

gen diese sogenannten vernünftigen älteren Leute bin, die ja – oh, daran hätte ich denken müssen – auch die Wähler von damals sind.
Wartesaal! Wenn Gott mir die Gnade schenkt, werde ich eines Tages ein wunderbares Gedicht auf dich machen. Kein Sonett! Irgendein formloses, inbrünstiges, leidenschaftliches Gebilde, so unvernünftig wie die Liebe ... oh, Wartesaal, du bist der Brunnen meiner Weisheit, du bist meine Oase ... und ich habe schon manche anständige Kippe in deinen Tiefen gefunden, wenn mein Herz traurig war.
Ich finde die relative Freiheit eines Zivilisten äußerst angenehm und amüsant; es ist herrlich, wirklich frei zu sein, so frei, wie man es ohne Geld eben sein kann. Mit Geld freilich hätte die Freiheit ein noch goldeneres Gesicht.
Schweigen Sie mir nur von Berufen! Ich werde mich schon durchschlagen ... meinen Sie Vagabund? Zigeuner? ... meinetwegen; finden Sie das sehr asozial? ... meinetwegen ... ich werde nicht so leicht untergehen ...
Auch im Wartesaal war die Luft ... ja, leichter, möchte ich sagen. War die Last der schrecklichen Wartestunden nicht für die Reisenden verringert, nun, wo die eisige Kälte über Nacht wie weggezaubert war? ... und doch warten, warten ...
Es gibt sogar Menschen, die etwas erwarten ... machen Sie sich den Unterschied zwischen warten und erwarten klar! Warten ist der Zustand einer gewissen ungeduldigen Hoffnungslosigkeit, Erwarten ist eine spannungsvolle Gewißheit; von berauschendem Odem der Hoffnung sind die matten Segel geschwellt.

Aber Edi kam nicht. Ich wurde ungeduldig und unruhig. Ach, hätte ich mich doch nicht auf dieses Geschäft eingelassen! Immer wieder bereute ich, und immer wieder fiel ich darauf herein; man verkauft seine ganze Freiheit, wenn man anfängt, Geschäfte zu machen. Ach, man denkt, ohne es zu wollen, an irgendeine blödsinnige »Kompensation«, wie sie es nennen ... es bohrt, bohrt sich immer tiefer und nagt wie ein leibhaftiger Wurm an dem kostbaren Frieden der Träume und der Freiheit. Immer diese Maschen, durch die man schlüpfen muß. Ich nahm mir vor, mich niemals wieder auf solche Dinge einzulassen. Warum sich nicht einfach aufs Betteln verlegen ... mit welch einer wunderbaren Gedankenlosigkeit konnte man irgendeinen Spruch hersagen, der einem etwas Brot und Geld einbrachte!

Edi kam natürlich nicht. Er ist nicht etwa unzuverlässig. Ich kenne ihn gut ... wir haben manch finstere russische Nacht in Kälte und Hitze zusammen verbracht, im dunklen Schoß der Erde, die das Element der Infanterie ist ... Edi ist ein ganz patenter Junge, obwohl er über mich lacht, solange wir uns kennen, und obwohl er mir ein ganz klein wenig zu elegant ist. Aber treu ist er. Er hat mir damals die Wohnung besorgt, als ich aus der Gefangenschaft kam, er hat mich die ersten Wochen über Wasser gehalten. Und zuverlässig ist er. Wenn er nicht kommt, hat er gewichtige Gründe ... vielleicht hatten sie ihn geschnappt ... wer weiß ... er muß wohl allerlei dunkle Geschäfte machen, von denen ich nichts weiß; seine Hände zittern oft so merkwürdig, so übernervös; und wie ruhig war der Junge immer! Nichts konnte ihn erschrecken oder aus der Fassung bringen! Aber dieser seltsame Friede, in den wir Kinder des Krieges hineingeraten sind, hat Edi völlig verdorben, er sinkt, ich spüre es; er versackt allmählich ... die Versuchung, unanständig zu werden, ist so groß, daß ihr kaum jemand widerstehen kann. Oh, Edi ... ich werde es ihm sagen, ganz ruhig und freundschaftlich, daß ich keine Geschäfte mehr mit ihm mache, auch keine sogenannten sauberen ...

Ach, meine Geliebte ... meine ferne, ferne, teure Taube ... wärst Du bei mir! Ich stürzte mich wieder hinein in diesen schönen Traum, ich warf alles von mir und ging ihr entgegen ... ihr, der Fernen, Namenlosen ... der Einzigen ... ihr, meiner wahren Heimat, über die ich eines Tages, wenn Gott mir die Gnade schenkt, ein letztes Gedicht schreiben will.

Plötzlich erhielt ich einen derben Stoß gegen meinen rechten Unterarm und wandte mich erschreckt um, verwirrt und ärgerlich. Ich blickte in das Gesicht einer älteren Frau, die mich offenbar absichtlich gestoßen hatte; nun erwachte ich zur sogenannten Wirklichkeit, und das »wahre« Gesicht des Wartesaales kam auf mich zu: schmutzig und dumpf ... armselig, häßlich ... zerschlagene, zermürbte Gestalten, die herumlungerten, auf Bündeln hockten, von denen man nicht glauben mochte, daß sie Dinge enthielten, die wert gewesen waren, aufbewahrt zu werden. Aber die alte Frau zupfte mich ungeduldig am Ärmel. »Sie ... junger Mann!« sagte sie. Ich blickte sie jetzt voll an; sie saß auf dem Stuhl neben mir. Graues Haar, ein derbes, nüchternes Gesicht ...

eine Bäuerin, dachte ich. Ein graublaues Kopftuch, ein zerknittertes Gesicht, gequollene, verarbeitete Hände. Abwartend sah ich zu ihr auf. »Ja?« Sie schien einen Augenblick zu zögern, dann deutete sie auf meinen braunen Hut, der auf meinem rechten Knie ruhte: »Wollen Sie den nicht tauschen ... ich könnt' ihn gut gebrauchen ... für meinen Sohn!« Ich war nicht erstaunt; wenn man den halben Tag in Wartesälen herumsitzt, dann kommt man hinter die Geheimnisse der sogenannten modernen Wirtschaft, deren geheimer Maßstab die Zigarette und deren Form der Tauschhandel ist. Ich lachte. »Nein ... den brauche ich selbst ... es ist so ziemlich das einzige, was ich besitze, und dann haben wir ja auch noch Januar.« Die Alte schüttelte mit einer aufreizenden Ruhe den Kopf. »Januar!« sagte sie spöttisch. »Sehen Sie denn nicht, daß der Frühling da ist?« Sie deutete zur Decke des Wartesaales, als sei der Frühling dort leibhaftig zu sehen. Ich blickte unwillkürlich hoch; die Frau hatte sich abgewandt und kramte in irgendeinem Gepäckstück, das neben ihr auf dem Boden lag; dabei stieß sie einen jungen Burschen an, der mit aufgestützten Armen schlief, ärgerlich die Augen öffnete, leise fluchte, dann den Kopf auf die Tischplatte legte. Ein lesendes junges Mädchen, das mir gegenüber saß, blickte flüchtig auf; es betrachtete stirnrunzelnd die Frau und mich und las dann weiter. Die Alte hatte endlich ausgepackt und legte nun mit groben Fäusten ein großes, rundes Brot, braunes, duftendes Brot, zwischen ihr und mir auf den Tisch. »Das würde ich Ihnen dafür geben«, sagte sie gleichmütig. Ich glaube, der Blick, den ich auf das

Brot warf, hat das Schicksal meines Hutes besiegelt. Ich bin kein Händler! Ich weiß ... ich hätte spröde tun, das Brot gar nicht beachten sollen, aber ich bin kein Händler, ich sagte es Ihnen schon. Und außerdem ... beim Anblick des braunen, knusprigen Brotes war mein Hunger wieder da! Mit Gedankenschnelle war er plötzlich wieder neben mir, diesmal schweifwedelnd und freundlich bellend, wie ein junger Hund, der mit leisem Jaulen erwartungsvoll an der Schürze der Hausfrau schnuppert; aus irgendwelchen Fernen, in denen er spazieren gegangen war, war er mit einem bewunderungswürdigen Sprung zurückgekehrt. Das alles war wohl in meinem Blick zu lesen. Die Alte wußte es noch vor mir, daß sie den Hut bekommen würde ... oh, diese Bäuerin könnte eine Psychologie des Hungers schreiben! Wieviel hungrige Augen haben schon an ihrer Tür gelungert! Aber ich sträubte mich. »Nein ... nein ...«, sagte ich eifrig und griff, ohne es zu wissen, nach meinem Hut, als müßte ich ihn schützen. »Nein ... für ein Brot!« Meine Augen wanderten unruhig zwischen dem Brot, meinem Hut und dem kalten Gesicht der Frau. »Nein«, sagte ich noch einmal und versuchte meiner Stimme Festigkeit zu geben: »Für ein Brot nicht!« Die Frau schien etwas erstaunt zu sein. »Haben Sie denn keinen Hunger?« Welch eine gemeine Methode, mir meinen Hut abzujagen! Ich überlegte blitzschnell, ob ich nicht das Brot nehmen, meinen Hut aufsetzen und davonlaufen sollte. Aber dann hätte ich nie mehr ruhigen Herzens den Wartesaal betreten können. Ich schüttelte energisch den Kopf. Die Frau lächelte ein wenig, wie mir schien, etwas menschlicher, dann bückte sie sich wortlos und langte ein zweites Brot aus der Tiefe unter ihrem Stuhl hervor. »Nun?« fragte sie triumphierend. Der Triumph des Sieges war offen auf ihrem Gesicht. Der Gedanke, daß ich nur das kleine Wort ja zu sagen brauchte, um in den Besitz von zwei duftenden Broten zu kommen, berauschte mich. Aber war der Teufel in Gestalt einer Händlerseele über mich gekommen? »Sie müssen mir ... noch etwas ... Geld geben«, stammelte ich errötend, »ich bin nämlich ... arbeitslos ...« Das Gesicht der Frau wurde ganz böse. »Arbeitslos?« wiederholte sie, das Wort ungläubig dehnend ... ich nickte nur stumm, immer tiefer errötend, denn das junge Mädchen mir gegenüber hatte wieder mißbilligend aufgeblickt. »Zwanzig Mark«, sagte ich tapfer, alles auf eine Karte setzend, und als hätte ich wirklich den Teufel im Nacken, drehte ich meinen netten, braunen Hut spielerisch auf einem Finger ... ganz wie ein leichtsinniger Bursche. Oh, ich wußte ja, daß es gleichsam eine Abschiedsliebkosung war. Die Frau kramte umständlich in einer alten, ledernen Geldbörse, suchte mißmutig ein paar Scheine zusammen und legte sie neben die Brote. »Damit Schluß!« sagte sie energisch. Somit war ich, ohne es zu merken, in die Rolle dessen gedrängt, der das Geschäft auf dem Gewissen hat, und die Alte blickte mich an, als sei ich der gemeinste Betrüger, der ihr je unter die Augen gekommen war. Zwölf Mark hatte ich mit stockendem Atem gezählt ... zwei Brote und zwölf Mark, welch ein Reichtum! Und wie schnell ich rechnen konnte! Vier deutsche oder drei belgische ... zwei amerikanische! Ich raffte das Geld in meine Tasche, zog die Brote zu mir herüber und gab dann der Frau schnell meinen Hut. Sie drehte ihn prüfend und mit einem Gesicht, als sei es absoluter Dreck, in ihren Händen, ehe er unter dem Stuhl in jenem unsichtbaren Behältnis verschwand. Ich hatte das Gefühl, der letzte Verbrecher zu sein. Dann machte mein Hunger plötzlich einen wilden Satz über alles hinweg; ich brach ein großes Stück von einem der Brote und bestellte bei dem vorbeirasenden Kellner noch ein Glas Bier.

Nachdem der Hunger seinen Brocken bekommen hatte, war ich schnell wieder allein. Ja, ich vergaß sogar, daß ich Geld für Zigaretten in der Tasche hatte. Der süße, graue Schleier meiner Träume war wieder vorgezogen; ach, war nicht heute ein Tag, an dem die Geliebte kommen konnte, war sie nicht unterwegs zu mir mit ihren goldenen Haaren und schwarzen Augen, und mit einem Lächeln, das alles, alles wußte . . . sie kam näher . . . immer näher! Gewiß hatte sie Hunger! Oh, meine Geliebte mußte Hunger haben, aber ich stand nicht mit leeren Händen vor ihr; sie fror wohl auch, ach, ich würde sie mit der ganzen Wärme dieses Frühlingstages zudecken . . . hatte sie Angst und Schmerz: mein Herz stand ihr offen. Ich würde ihr mein Zimmer, mein Bett schenken und würde auf dem harten, nackten Boden schlafen.

Es dämmerte draußen, und es wurde wieder kalt, eisig zog es um meine Füße und an meinem Kopf. Ich suchte verzweifelt nach meinem Hut . . . oh, mein Hut! Sie werden es nicht glauben, es war keine Reue in mir . . . nur Schmerz . . .

nein, ich bereute es nicht, meinen Hut eingetauscht zu haben, aber es schmerzte mich, daß er weg war. Die Kälte war grausam, und ich hatte einen weiten Weg bis zu meinem Zimmer mit dem Bett, in dem ich mich verbergen konnte.
Wie unermeßlich reich war ich, daß ich ein Bett besaß, in dem ich mich nun vor der grausamen Kälte verkriechen konnte. Ich würde einfach liegen bleiben, niemand und nichts konnte mich zwingen aufzustehen. Dort war allerdings die Stille! Aber lieber der Stille ausgesetzt sein als der Kälte. Ich sage Ihnen, das Schlimmste ist die Kälte. Sie kroch auf mich zu, über den steinernen Boden und durch die Decke. Welch eine Gemeinheit, das milde freundliche Kleid der Dämmerung anzuziehen, um nun wieder über mich herzufallen. Ich lief ... lief aus dem Bahnhof hinaus; wartete verzweifelt ein paar Minuten auf die Straßenbahn und ging schließlich zu Fuß nach Hause.
Es war, als fröre mein Kopf allmählich ein, als würde er mit unsichtbarem Eis überschüttet ... Ich hatte das grauenhafte Gefühl, als schrumpfte er zusammen und wäre nur noch ein winziges Knöpfchen, in dem sich ein irrsinniger Schmerz konzentrierte. Ein Tor war ich, zu glauben, daß der Frühling da sei ... es war Januar, bitterer, nackter Januar ... Ich spürte nichts mehr als diesen bohrenden Schmerz in meinem Kopf, dann aber irrte er wie eine tolle Unruhe durch den ganzen Schädel ... verbreitete sich, schrumpfte zusammen ... nahm Besitz von allem ... endlich war mein ganzer Kopf nur noch Schmerz und wurde immer, immer winziger ... eine glühende gräßliche Nadel-

spitze, die an meinem Bewußtsein, an meinem Verstand, an meinem ganzen Wesen herumbohrte.
Ich glaube, ich fieberte stark, als ich (ich weiß nicht wie) nach Hause kam ... ich fieberte, und Träume geisterten um mich her; meine Geliebte war bei mir, aber sie lächelte nicht, sondern Tränen strömten aus ihren schwarzen Augen.
Und Leichen waren um mich herum aufgetürmt wie Schanzen ... zerfetzte, verstümmelte Leichen, dicke und ganz verschrumpfte ...
Als ich wieder zur sogenannten Wirklichkeit erwachte, lag ich in einem Krankenhaus ...
Mehrmals täglich sah ich diese überernsten Gesichter der Ärzte um mich, die sämtliche Geheimnisse des Lebens und des Todes zu wissen schienen.
Ich hatte die schreckliche Vorstellung, aus meinen Träumen wieder in einer Uniform erwacht zu sein. Was unterschied dieses Krankenhaus von einem Lazarett! Nein, keine Fieberkurve mehr und keinen jener grau-weiß gestreiften Anzüge! Ich glaube, der Drang nach Freiheit machte mich so schnell gesund, daß die Ärzte sich gratulieren konnten; ich kam schnell wieder hoch ...
Bald kam der Tag, an dem ich der Schwester zum Abschied und zum Dank die Hand drücken konnte. Es trieb mich, zu laufen, zu laufen, als wäre meine Geliebte nun, in diesem Augenblick, angekommen und stände in der Tür des großen Wartesaales. Ich mußte laufen ... aber die Schwester rief mich noch einmal zurück. »Mein Gott«, sagte sie kopfschüt-

telnd, »Sie können doch bei dieser Kälte nicht ohne Hut gehen!« Und sie reichte mir lächelnd einen Hut, einen blauen, noch ziemlich neuen Hut, der mir vorzüglich paßte ... oh, ich habe einen ganz normalen Kopf.
Mußte ich nicht glauben, daß ich wirklich in guter Hut bin? ... Verstehen Sie? ...

Eine optimistische Geschichte

Zahlreiche Bitten, einmal eine wirklich optimistische Geschichte zu schreiben, brachten mich auf den Gedanken, das Schicksal meines Freundes Franz zu erzählen, eine Geschichte, die wahr ist, zugleich aber auch seltsam und fast zu optimistisch, so daß man sie nur schwer glauben kann.
Mein Freund Franz wurde eines Tages als Volontär im Pressewesen wegen allzu großer und unüberwindlicher Schüchternheit entlassen und sah sich mittellos, hungrig, jung genug, um zu verzweifeln, an einem sonnigen Frühlingsmorgen auf der Straße. Ich hoffe, daß die Leute, die optimistische Geschichten wünschen, nichts gegen einen sonnigen Frühlingsmorgen einzuwenden haben, aber zunächst bin ich wegen der Arbeitslosigkeit gezwungen, die Geschichte etwas finster zu lassen. Franz hatte nur noch fünfzig Pfennig. Er überlegte lange, was er damit anfangen sollte. Sein elementarster Wunsch bestand darin, etwas zu essen zu bekommen, denn er hatte zu jeder Tageszeit Hunger, und seine Entlassungsdepression steigerte den Appetit. Die Erfahrung belehrte ihn jedoch, daß eine unvollständige Mahlzeit bei großem Hunger schlimmer ist als gar keine Mahlzeit. Den Gaumen bloß zu reizen, ohne ihn befriedigen zu können, bedeutete – Franz wußte das – schlimmere Pein als der nackte, gewöhnliche Hunger. Ihm kam der Gedanke, sich satt zu rauchen, eine Art sanfter Betäubung herbeizuführen, aber dann fiel ihm ein, daß Rauchen in

seinem Zustand wahrscheinlich nichts als Übelkeit zur Folge haben würde. Er ging also grübelnd an den Auslagen der Geschäfte vorbei. In einer Drogerie wurden Verdauungspillen angepriesen, die Packung zu 50 Pfennigen; aber Franzens Verdauung befand sich in bestem Zustand: er hatte keine, er konnte auch keine haben, denn letzten Endes haben diese Dinge ihre physischen Voraussetzungen, und Franz hatte seit Tagen nur so minimale Mengen gegessen, daß sie restlos in seinem Inneren verbrannt worden waren. Franz bat im stillen den Drogisten um Verzeihung, passierte mit beschleunigtem Schritt eine Metzgerei, eine Bäckerei, fand sich, etwas ruhiger geworden, vor einem Gemüseladen und überlegte, ob er nicht zehn Pfund Kartoffeln kaufen, sie kochen und mit der Schale essen sollte. Zehn Pfund gepellter Kartoffeln würden keineswegs nur eine Sättigung vortäuschen, sondern eine Sättigung sein. Aber zum Kartoffelkochen benötigte er entweder Holz oder Kohlen und außerdem Streichhölzer, um den Ofen anzuzünden, und da man noch nicht so weit war, Streichhölzer einzeln zu verkaufen (hier gestatte ich mir, den Finger auf eine Wunde unserer sonst so gesegneten und ausgefeilten Handelszustände zu legen), hätte der Erwerb einer Schachtel den Ausfall von zwei Pfund Kartoffeln bedeutet, ganz davon zu schweigen, daß er weder Holz noch Kohlen besaß.
Es ist wohl überflüssig, im einzelnen zu schildern, an wieviel Geschäften Franz vorbeiging, während in ihm der Plan reifte, sich ein ganzes Brot zu kaufen und sofort aufzuessen, aber ein Brot kostet achtundfünfzig Pfennige.

Franz fiel ein, daß er noch eine Knipskarte besaß mit drei Fahrten, die einen realen Wert von sechzig und einen antiquarischen Wert von mindestens dreißig Pfennigen hatte. Mit achtzig Pfennigen würde er sich glatt sattessen und zwei Zigaretten kaufen können. Er beschloß also, seine Schüchternheit radikal abzuwerfen und die Knipskarte zu verkaufen. Zum Glück hatte er gerade eine Haltestelle der Straßenbahn erreicht. Er musterte die Wartenden und versuchte, ihnen an den Mienen abzulesen, wie sie auf sein außergewöhnliches Angebot reagieren würden. Dann ging er auf einen Mann mit Aktentasche und Zigarre zu, riß sich zusammen und sagte: »Verzeihen Sie ...«

»Bitte?« sagte der Mann.

»Hier«, sagte Franz und zückte seine Knipskarte, »außergewöhnliche Umstände, eine vorübergehende Schwierigkeit, zwingen mich, diese Karte zu veräußern. Hätten Sie vielleicht ... würden Sie wohl ...?«

»Nein«, sagte der Mann mißtrauisch, und er sagte es so endgültig, daß Franz sofort nachgab, mit rotem Kopf die Haltestelle verließ, die Straße überquerte, wo er sich einer Zeitungsbude gegenübersah. Hier blieb er stehen und las, ohne etwas aufzunehmen. Er machte vergebliche Versuche, sich von der Bude loszureißen, und als die Frau ihn aus der Bude heraus fragte: »Bitte, mein Herr?« wußte er, daß er verloren war, und mit einem letzten Rest von Besinnung nannte er die dickste der ihm bekannten Zeitungen, sagte heiser und unglücklich seufzend: »Echo der Erde«, langte den Fünfzigpfennigschein ins Häuschen und erhielt ein

vierzig Seiten umfassendes Paket aus Papier und Druckerschwärze.
Im Bewußtsein, eine der größten Dummheiten seines Lebens gemacht zu haben, beschloß er, in den Park zu gehen, um die Zeitung wenigstens zu lesen. Die Sonne schien sehr mild, und es war Frühling. Er fragte einen Vorübergehenden nach der Zeit und erfuhr, daß es zehn war.
Im Park saßen Rentner, ein paar junge Mütter mit Kindern und Arbeitslose. Es herrschte Geschrei, Kinder stritten sich um Sandplätze, Hunde balgten um Papierabfälle, die jungen Mütter drohten und riefen durcheinander. Franz setzte sich, schlug die Zeitung großspurig auf und las eine fette Überschrift: »Geniale Polizei! Unsere Polizei muß neuerdings über eine geniale Fahndung verfügen. Es ist ihr gelungen, einen Metzger des Schwarzhandels zu überführen. Bei der bekannten Anständigkeit dieses Standes ...«
Franz klappte wütend die Zeitung zusammen, stand auf, und in diesem Augenblick kam ihm eine Idee, so gut, daß man sie als Wende zum optimistischen Teil unserer Geschichte betrachten kann. Er faltete die Zeitung sauber zusammen, erhob plötzlich seine bisher schüchterne Stimme und rief ganz laut: »Echo der Erde. Das letzte Echo der Erde ...«
Er wunderte sich über seinen eigenen Mut, schrie weiter und war sehr erstaunt, daß die Leute wenig Notiz von ihm nahmen, noch erstaunter, als jemand ihn fragte: »Was kostet die Zeitung?«
Franz sagte: »Fünfzig Pfennig«, sah in eine enttäuschte

Miene und war jetzt geistesgegenwärtig genug, zu sagen: »Die allerletzte Nummer für dreißig, wenn Sie wollen. Vierzig Seiten, prima Blatt ...«
Er nahm die winzigen Zehnpfennigscheine in Empfang, verließ mit geschwellter Brust den Park, überzeugt, daß alles gut werden würde, durchquerte flink ein paar Straßen, sprang auf eine fahrende Straßenbahn und blieb überraschend kaltblütig, als der Schaffner rundkam und fragte: »Sonst noch jemand?«
Nach zwei Stationen stieg er aus und ging zum Bahnhof. Hier kaufte er für zehn Pfennig eine Zigarette, warf zehn Pfennig in den Hut eines Bettlers und löste für den letzten Groschen eine Bahnsteigkarte, er durchschritt munter rauchend die Sperre und studierte ernsthaft die Tafel »Ankunft«. Als er feststellte, daß in einer Minute ein Zug aus Frankfurt einlaufen würde, trieb es ihn auf den Bahnsteig. Er hörte eine Stimme im Lautsprecher sagen: »Vorsicht ...«, und schon näherte sich der Zug. Und als der Zug eingelaufen war, hatte er plötzlich eine neue Idee, er ließ die Zigarette lässig im Mundwinkel hängen, rannte am Zug vorbei und rief laut: »Hella! Hellalein! Hellachen«, obwohl er keine Person dieses Namens kannte. Er rief suchend, flehend, ängstlich, wie ein verlorener Liebender, gab endlich, nachdem er von der Lokomotive zum Schwanz des Zuges geraten war, mit umdüsterter Stirn das Rufen und Rennen auf, sicherte sich einen guten Abgang, indem er schwermütig und geschlagen zwischen sich verabschiedenden Paaren und mürrischen Gepäckträgern hindurchging, stieg die

Treppe wieder hinab und spuckte endlich den Zigarettenstummel aus, der schon seine Unterlippe zu versengen drohte ...

Er hatte das Gefühl, die Welt offen vor sich liegen zu haben, wie alle Schüchternen, die plötzlich ihren Mut entdecken. Unten auf der Ankunftstafel nahm er flüchtig wahr, daß der nächste Zug erst in zwanzig Minuten aus Dortmund kommen würde, und beschloß, in den Wartesaal zu gehen.

Franz schrieb mir dieses alles sehr ausführlich auf. Jetzt hat er ja Muße genug: dort hinten in einem fremden Land lebt er mit einer süßen Frau in seiner eigenen Villa. Aber ich muß seine Geschichte raffen; ich habe den Auftrag, eine kurze, optimistische Geschichte zu schreiben, denn dem langatmigen Optimismus traut man nicht mehr. Ich kann also nicht jede einzelne seelische Regung bis ins feinste beschreiben, wie Franz es getan hat.

Schnell also. Er ging in den Wartesaal, stürzte auf den Kellner zu, sagte hastig, wie jemand, dessen Zeit ungeheuer wertvoll ist: »Dr. Windheimer. Hat Fräulein Dr. Dr. Schneekluth nach mir gefragt?« Der Kellner blickte ihn skeptisch an, schüttelte den Kopf, schob den Rand der Brille nach oben und sagte, von den völlig unschüchternen Augen meines Freundes Franz aus der skeptischen Fassung gebracht: »Nein, bedaure.«

»Entsetzlich«, sagte Franz und: »Danke«. Er seufzte, stöhnte, setzte sich an einen Tisch, zückte sein Notizbuch, in dem nichts stand, steckte es wieder ein, zog es wieder heraus und fing an, Mädchenprofile hineinzuzeichnen, bis er durch

den Kellner unterbrochen wurde, der fragte: »Wünschen Sie etwas?«
»Nein«, sagte Franz ruhig, »heute nicht. Heute ausnahmsweise nicht.«
Der Kellner blickte ihn wieder über den Rand der Brille an und ging mit seinen leeren Biergläsern davon. Am Nebentisch entdeckte Franz jetzt eine Bauersfrau mit einem kleinen Mädchen, die sich mit einer bewundernswerten Zähigkeit durch einen Binsenkorb dickbelegter Butterbrote aßen, als hätten sie aus einem harten, stolzen und unsagbar erhebenden Pflichtbewußtsein einen widerwärtigen Auftrag zu erfüllen. Sie tranken nichts dazu, sparsame Leute.
Franzens Hunger meldete sich jetzt so heftig, daß er unbedingt lachen mußte, so heftig, daß alle Leute sich zu ihm hinwandten, die Frau, das Kind, denen beiden ein großes Stück Weißbrot im Munde stecken geblieben war, der Kellner und alle anderen. Franz blickte in sein Notizbuch, als habe er dort etwas unheimlich Lächerliches entdeckt. Dann stand er auf, ging wieder auf den Kellner zu, sagte laut: »Sollte jemand nach mir fragen – Dr. Windheimer –, ich bin in zehn Minuten wieder hier«, und ging hinaus. Draußen studierte er wieder die Ankunftstafel, entdeckte zu seinem Entsetzen, daß er einen Zug aus Ostende übersehen hatte, der rot ausgedruckt war, raste wie ein Wahnsinniger auf den entsprechenden Bahnsteig, sah den langen, vornehmen Zug dastehen, öffnete schon den Mund, schon wollte er schreien, als ihm einfiel, daß er etwas Ausländisches rufen müßte, und er rief, nein, er schrie den Namen: »Mabel. Mabelchen,

Mabelinchen«, und es geschah, was mich berechtigt, diese Geschichte als optimistisch zu bezeichnen: im letzten Waggon, im letzten Abteil, im letzten Fenster vor der fürchterlich pessimistisch aufschnaufenden Lokomotive sah ein hübscher, blonder, süßer Mädchenkopf heraus und rief: »Ja«, nein, natürlich: »Yes«. Franz stoppte, blickte ihr ins Gesicht und sagte: »Ja, Du bist es«, und ich muß annehmen, daß auch sie ihn trotz seiner leeren Taschen als den Richtigen fand, denn er schrieb mir zum Schluß seines geradezu widerlich ausführlichen Briefes: »Wir verstehen uns glänzend. Mabel ist süß. Brauchst Du Geld?«

Ich antwortete telegrafisch kurz: »Ja!«

Ich bin kein Kommunist

Der Omnibus hält immer an der gleichen Stelle. Der Fahrer muß sich in acht nehmen, die Straße ist eng, und die Ausbuchtung, in der der Bus halten muß, ist nur klein. Jedesmal gibt es einen Ruck, von dem ich erwache. Ich blicke links zum Fenster hinaus und sehe immer das gleiche Schild: Leitern jeder Größe, pro Stufe drei Mark zwanzig. Es ist sinnlos, daß ich dann auf die Uhr sehe, um mich zu vergewissern, wie spät es ist: es ist genau vier Minuten vor sechs – und wenn es auf meiner Uhr sechs ist, oder schon mehr, dann weiß ich, daß meine Uhr falsch geht. Der Omnibus ist pünktlicher als die Uhr. Ich blicke auf und sehe das Schild: Leitern jeder Größe, pro Stufe drei Mark zwanzig – das Schild hängt über dem Fenster eines Haushaltswarengeschäftes, wo im Schaufenster zwischen Einmachgläsern, Kaffeemühlen, Wringmaschinen und Porzellan eine kleine dreistufige Leiter aufgestellt ist; jetzt stehen meistens Sommerstühle da, auch Liegestühle. In einem Liegestuhl liegt eine Frau, eine große Frau aus Pappe oder Wachs – ich kenne das Zeug nicht, aus dem sie Schaufensterpuppen machen. Die Puppe hat eine Sonnenbrille auf und liest in einem Roman, der »Ferien vom Ich« heißt. Ich kann den Namen des Verfassers nicht lesen, meine Augen sind zu schlecht. Ich sehe mir die Puppe an, und die Puppe macht mich trostlos, noch trostloser, als ich so schon bin – ich frage mich, ob solche Puppen wirklich existenzberech-

tigt sind. Puppen aus Wachs oder Pappe, die Romane lesen, die »Ferien vom Ich« heißen. Es ist alles trostlos – links von diesem Schaufenster ist ein Trümmerhaufen, auf dem Berge von Abfall und Asche in der Sonne brennen. Es macht mich trostlos, direkt daneben die Puppe zu sehen.
Aber am meisten interessieren mich doch die Leitern. Wir müßten unbedingt eine Leiter haben. Im Keller haben wir ein Regal, auf dem das Eingemachte steht, und das Regal ist sehr hoch, weil der Keller schmal ist und wir den Raum ausnützen müssen. Das Regal ist schlecht, ich habe es selbst aus Leisten zusammengenagelt und das ganze mit einem dicken Seil hinten an die Gasrohre gebunden, die durch unseren Keller laufen. Wenn es nicht festgebunden wäre, fiele es bestimmt um, wenn das Eingemachte draufsteht.
Meine Frau macht viel ein. Im Sommer riecht es immer nach frisch gekochtem Zeug: Gurken, Kirschen, Pflaumen und Rhabarber. Tagelang hängt der Geruch von heißem Essig in unserer Wohnung – es macht mich fast krank, aber ich sehe ja ein, daß wir viel einmachen müssen. Das Regal ist sehr hoch, und auf dem obersten Brett stehen die Kirschen und die Pfirsiche, die wir im Winter sonntags essen. Samstags muß meine Frau immer hochklettern, und sie stellt sich meistens auf eine alte Kiste. Im Frühjahr ist meine Frau durch eine solche Kiste durchgerutscht und hat eine Fehlgeburt gehabt. Ich war natürlich nicht da, und sie hat eine Zeitlang im Keller gelegen und geblutet und gerufen, bis jemand sie gefunden und ins Krankenhaus gebracht hat.
Samstagnachmittag bin ich ins Krankenhaus gegangen und

habe meiner Frau Blumen gebracht: wir haben uns nur angesehen, und meine Frau hat geweint – sie hat sehr geweint. Es wäre unser drittes gewesen, und wir haben vorher immer darüber gesprochen, wie es werden sollte mit drei Kindern in zwei Zimmern. Es ist schon schlimm, nur mit zwei Kindern zwei Zimmer zu haben. Ich weiß, es gibt Schlimmeres, es gibt Leute, die zu sechst oder zu acht auf einem Zimmer hausen. Aber es ist auch schlimm mit zwei Kindern in zwei Zimmern auf einer Etage, wo drei Parteien wohnen, die keine Kinder haben. Das ist schlimm. Ich will nicht klagen – ich bin kein Kommunist, um Gottes willen –, aber es ist wirklich schlimm.

Ich bin müde, wenn ich nach Hause komme, und möchte eine halbe Stunde Ruhe haben, nur eine halbe Stunde, um zu essen, aber gerade wenn ich komme, sind sie nicht ruhig, und ich schlage sie dann – und später, wenn sie im Bett liegen, tut es mir leid. Ich stehe dann manchmal vor ihrem Bett und sehe sie an, und in diesen Augenblicken bin ich manchmal Kommunist . . . Sagen Sie es niemandem, ich bin es ja nur für Augenblicke.

Jeden Abend, wenn der Omnibus hält, bekomme ich einen Ruck und sehe nach links: das dunkelbraune Gesicht der Schaufensterpuppe im Badeanzug ist von der Sonnenbrille halb verdeckt, aber der Titel des Buches ist deutlich zu lesen: »Ferien vom Ich«. Vielleicht steige ich doch einmal aus und sehe nach, wer der Verfasser ist. Und über dem Schaufenster hängt ein Schild: Leitern jeder Größe pro Stufe drei Mark zwanzig. Unsere Leiter müßte drei Stufen haben, das wären neun Mark sechzig. Ich rechne hin und her, aber ich bekomme die neun Mark sechzig nicht heraus. Jetzt ist es auch Sommer, und erst im November fängt meine Frau wieder an, samstags auf die Kiste zu klettern, um ein Glas Pfirsiche oder Kirschen für sonntags herunterzuholen – erst im November, und bis dahin ist noch Zeit. Aber meine Frau ist wieder in Hoffnung. Sagen Sie es niemandem von unserer Verwandtschaft und bitte keinem der Leute auf unserer Etage. Es wird Krach geben, und ich möchte keinen Krach. Ich will am Tage nur eine halbe Stunde Ruhe haben. Die Verwandten werden schimpfen, wenn sie hören, daß meine Frau in Hoffnung ist – und die Leute auf der Etage werden noch mehr schimpfen, und ich werde wieder anfangen, unsere Kinder zu schlagen – und es tut mir dann wieder leid, und ich stehe abends, wenn sie schlafen, vor ihrem Bett und bin für Augenblicke Kommunist. Das ist alles sinnlos – ich will versuchen, bis November nicht mehr daran zu denken –, ich will mir die Puppe ansehen, die im Liegestuhl liegt und einen Roman liest, der »Ferien vom Ich« heißt – diese Puppe direkt neben dem Trümmerhaufen, auf dem die Aschenberge liegen, von denen ein gelber dreckiger Strom in die Gosse fließt, wenn es regnet.

Beziehungen

Meine Frau hat jetzt die Mutter eines Mädchens kennengelernt, das der Tochter eines Ministers die Nägel schneidet. An den Füßen. Jetzt herrscht große Aufregung in unserer Familie. Bisher waren wir völlig beziehungslos, aber jetzt haben wir Beziehungen, Beziehungen, die nicht zu unterschätzen sind. Meine Frau bringt der Mutter dieses Mädchens Blumen und Konfekt. Die Blumen und das Konfekt werden dankbar, wenn auch kühl angenommen. Seitdem wir diese Frau kennen, überlegen wir fieberhaft, welche Stelle wir beanspruchen sollen für mich, wenn es soweit ist, daß wir das Mädchen selbst kennenlernen. Bisher haben wir sie nicht gesehen, sie ist sehr selten zu Hause, verkehrt natürlich nur in Regierungskreisen und hat in Bonn eine reizende Wohnung: zwei Zimmer, Küche, Bad, Balkon. Aber immerhin: es wird davon gesprochen, daß sie bald einmal zu sprechen sein wird: ich bin sehr gespannt auf sie und werde natürlich mit entsprechender Demut vorgehen, auch mit Festigkeit. Ich glaube, man schätzt in Regierungskreisen die demütige Festigkeit, und es heißt, daß nur Leute eine Chance haben, die von ihrer Fähigkeit überzeugt sind. Ich versuche, von meinen Fähigkeiten überzeugt zu sein, und bin es bald. Immerhin: Abwarten!
Zunächst hat sich unser Kredit gefestigt, seitdem bekannt geworden ist, daß wir zu Regierungskreisen Beziehungen haben. Neulich hörte ich, wie eine Frau auf der Straße zu

einer anderen sagte: »Da kommt Herr B., er hat Beziehungen zu A.« Sie sagte es ganz leise, aber so, daß ich es hören sollte und konnte, und als ich an den Damen vorbeikam, lächelten sie süß. Ich nickte herablassend. Unser Kolonialwarenhändler, der uns bisher zur zögernd einen kleinen Kredit eingeräumt hatte und mit mißtrauischem Gesicht Margarine, Konsumbrot und Zigarettentabak in der Einkaufstasche meiner Frau verschwinden sah, lächelt jetzt, wenn wir kommen, und bietet uns Leckereien an, deren Geschmack wir vergessen hatten: Butter, Käse und Bohnenkaffee. Er sagt: »Ach, mögen Sie nicht diesen prachtvollen Chester?« Und wenn meine Frau zögert, sagt er: »Nehmen Sie ruhig« – dann schlägt er die Augen nieder und grinst diskret. Meine Frau nimmt. Aber gestern hörte meine Frau, wie er einer anderen Frau zuflüsterte: »Die B's sind mit A. verwandt.« Es ist unheimlich, wie sich die Dinge rumsprechen. Wir essen jedenfalls Butter und Käse auf dem Brot – kein Konsumbrot mehr – und trinken Bohnenkaffee, während wir mit einer gewissen Ängstlichkeit auf das Erscheinen des Mädchens warten, das der Tochter des Ministers die Nägel schneidet. An den Füßen. Das Mädchen ist noch nicht aufgetaucht, und meine Frau wird unruhig, wenn auch die Mutter des Mädchens, die meine Frau inzwischen ins Herz geschlossen zu haben scheint, sie beruhigt und sagt: »Nur Geduld.« Aber es steht böse mit unserer Geduld, weil wir reichlich Gebrauch von diesem lautlosen Kredit machen, der uns seit kurzem eingeräumt wird.
Die Tochter, der diese junge Dame die Nägel an den Füßen

schneidet, ist die Lieblingstochter des Ministers. Sie studiert Kunstgeschichte und soll hochbegabt sein. Ich glaube es. Ich glaube alles, aber ich zittere trotzdem, weil diese junge Pedikeuse aus Bonn noch immer nicht aufgetaucht ist. Wir schlagen in Lexika und sämtlichen verfügbaren biologischen Lehrbüchern nach, um uns über das natürliche Wachstum der Zehennägel zu informieren, und stellen fest, daß dieses minimal ist: es kann also nicht nur diese Ministertochter sein; die junge Pedikeuse nimmt wahrscheinlich einen Zeh der Bonner Gesellschaft nach dem anderen in ihre süßen Hände und befreit ihn von der Last abgestorbener Zellen, die gefährlich werden für Nylonstrümpfe und Ministersocken.

Hoffentlich verschneidet sie sich nicht. Ich zittere, daß sie der Tochter des Ministers weh tun könnte. Kunstgeschichtlerinnen sind wahnsinnig empfindlich an den Zehennägeln (ich betete einmal eine Kunstgeschichtlerin an, und als ich ihr zu Füßen sank, stützte ich mich versehentlich mit einem Ellenbogen auf ihre Zehen, ohne zu ahnen, wie empfindlich sie war; es war alles aus, und ich weiß seitdem, wie empfindlich Kunstgeschichtlerinnen an den Zehen sind). Das junge Mädchen soll vorsichtig sein, der Einfluß der Tochter auf den Minister und der Pedikeuse auf die Tochter (die man sozialer Ambitionen verdächtigt) soll außerordentlich groß sein – und die Mutter der Pedikeuse behauptet andeutungsweise (alles geschieht andeutungsweise), daß ihre Tochter schon einem jungen Mann ihrer Bekanntschaft eine Stelle als Korrespondent im Vorzimmer eines

Referenten besorgt hat. Referent war das Stichwort für mich. Das ist das richtige.
Inzwischen nimmt die Mutter der jungen Dame mit gleichmäßiger Freundlichkeit Blumen und Konfekt entgegen: wir opfern diese gerne auf dem Altar der Prominenz, während wir zittern: unser Kredit steigt immer mehr, und die Leute flüstern sich zu, daß ich ein illegitimer Sohn von A. bin.
Wir sind von Butter und Käse zu Pasteten und Gänseleberwurst übergegangen; wir drehen nicht mehr, sondern rauchen nur noch Aktive. Und wir bekommen Bescheid: die junge Dame aus Bonn kommt! Sie kommt tatsächlich! Sie kommt mit dem Wagen eines Staatssekretärs, den sie angeblich von einer ganzen Kolonie finsterer Hühneraugen befreit hat. Also aufgepaßt: sie erscheint!
Wir verbringen drei Tage in äußerster Nervosität und rauchen statt Zehnpfennigs- nun Fünfzehnpfennigszigaretten, weil sie unsere Nerven besser beruhigen. Ich rasiere mich zweimal täglich, während ich mich früher zweimal wöchentlich rasiert habe, wie es einem normalen Arbeitslosen zukommt. Aber ich bin längst kein normaler Arbeitsloser mehr. Wir tippen Zeugnisse ab, immer wieder, immer sauberer, immer prägnanter, schreiben Lebensläufe, vorsichtshalber achtzehn Stück, und rennen aufs Polizeibüro, um sie beglaubigen zu lassen: ein ganzer Packen Papier wird Auskunft geben über meine enormen Fähigkeiten, die mich zu einem Korrespondenten im Vorzimmer eines Referenten prädestinieren. Freitag und Samstag vergehen, indem wir täglich ein Viertelpfund Bohnenkaffee und eine Fünfziger-

packung Fünfzehnpfennigszigaretten verbrauchen (auf Pump natürlich). Wir versuchen uns in einem Jargon zu unterhalten, der möglicherweise Regierungskreisen entsprechen könnte. Meine Frau sagt: »Bin völlig down, Liebster«, und ich sage: »Sorry, Liebste, müssen durchhalten.« Wir halten tatsächlich bis Sonntag durch. Sonntagnachmittag sind wir bei der jungen Dame zum Kaffee eingeladen (Gegenleistung für zwölf Blumensträuße und fünf Schachteln Konfekt). Ihre Mutter hat uns versichert, ich würde mindestens acht Minuten mit ihr allein sein. Acht Minuten. Ich kaufe vierundzwanzig fette, rosa Nelken – für jede Minute drei: Prachtdinger von Nelken, die zu platzen scheinen, so fett und rosa sind sie: sie sehen aus wie konzentrierte Rokokodamen – ich kaufe eine entzückende Schachtel Konfekt und bitte meinen Freund, uns mit dem Wagen hinzufahren. Wir fahren hin, hupen wie toll, und meine Frau, die ganz blaß ist vor Erregung, flüsterte dauernd: »Down, mein Lieber, bin down.«

Die junge Dame sieht reizend aus, ganz sportlich, ganz selbstbewußt, völlig Regierungspedikeuse, aber dennoch liebenswürdig und reizend, wenn auch ein bißchen kühl. Sie thront mitten am Tisch, umsorgt von ihrer Mutter, und ich zähle zu meinem Schrecken sieben Personen am Tisch, drei junge Schufte mit ihren Frauen und einen alten Herrn, der so anständig ist, laut meinen Blumenstrauß zu bewundern – aber auch unsere Konfektschachtel ist wirklich entzückend: sie ist mit glattem Goldkarton eingefaßt, hat einen süßen rosa Pompon am Deckel und gleicht im Format

eher einer bezaubernden Puderdose als einer Konfektschachtel: auch diese Dose wird laut von dem alten Herrn bewundert (ich danke ihm innigst dafür), und bei der Vorstellung bemerke ich, wie die Mutter zu ihrer Tochter sagt: »Herr B. und Frau«, dann nach einer Pause betont: »Herr B.« – die junge Dame wirft mir einen bedeutungsvollen Blick zu, nickt, lächelt, und ich spüre, wie ich blaß werde: ich fühle mich als Favorit und nehme die Anwesenheit dieser drei jungen Schufte mit ihren Frauen lächelnd hin. Der Kaffee verläuft etwas gezwungen: wir unterhalten uns zuerst über die enormen Fortschritte der Schokoladenindustrie seit der Währungsreform: Anlaß dazu: eine Konfektschachtel, die es dem alten Herrn angetan zu haben scheint. Ich habe das dunkle Gefühl, daß er von der Mutter der jungen Dame aus taktischen Gründen zum Kaffee hinzugezogen wurde. Aber der Bursche macht es mir zu auffällig, zu undiplomatisch, und die drei anderen Schufte, deren Pralinenschachteln unbeachtet bleiben, lächeln sauersüß, und der Kaffee verläuft gezwungen, bis die junge Dame zu rauchen anfängt: sie raucht Zehnpfennigszigaretten und gibt einigen ganz zarten Regierungsklatsch von sich: wir springen zu fünf Mann auf, um ihr Feuer zu geben: aber nur meins nimmt sie an. Ich spüre, wie ich mich in die Brust werfe, und beginne mir meinen Bonner Dienstraum auszumalen: rote Ledersessel, zimtfarbene Vorhänge, fabelhafte Aktenschränke und als Vorgesetzten einen Oberst a. D., der vor Humanität kaum aus den Augen sehen kann ...
Plötzlich ist die junge Dame verschwunden, und ich über-

sehe eine Zeitlang die Zeichen ihrer Mutter, die mir klarzumachen versucht, daß ich rausgehen soll, bis meine Frau mich anstößt und mir zuflüstert: »Dussel – raus!«
Ich gehe schwer atmend hinaus. Meine Unterredung mit der jungen Dame verläuft in völliger geschäftlicher Nüchternheit. Sie empfängt mich im Salon, blickt seufzend auf die Uhr, und ich begreife, daß die acht Minuten schon lange begonnen haben – wahrscheinlich schon halb verstrichen sind. Infolgedessen wird meine Rede, die ich vorsichtshalber mit »sorry« anfange, etwas konfus, aber sie lächelt trotz allem, nimmt meine drei Pfund Papiergeld entgegen und sagt zum Schluß: »Bitte meinen Einfluß nicht zu überschätzen – ich versuche es lediglich, weil ich von Ihren Fähigkeiten überzeugt bin. In etwa drei Monaten bekommen Sie Bescheid.«
Ein Blick, den sie auf ihre Uhr wirft, sagt mir, daß ich zu gehen habe. Ich spiele kurz mit dem Gedanken an einen Handkuß, lasse es dann, flüstere meinen untertänigsten Dank und taumele hinaus. Drei Monate. Übrigens war sie hübsch.
Ich kehre ins Kaffeezimmer zurück und sehe auf den Gesichtern der drei jungen Schurken, deren Konfektschachteln fast unbeachtet blieben, giftigen Neid. Kurz darauf tutet es draußen sehr nervös, und die Mutter der jungen Dame verkündet uns, daß ihre Tochter telegraphisch nach Bonn gerufen worden sei, um den Minister von seinen Schwielen zu befreien. Sein Golfspiel beginne um neun, und es sei schon fünf, und er könne mit seinen Schwielen nicht spie-

len. Wir werfen einen Blick auf die Straße, um den Wagen des Ministers zu sehen: er ist kräftig, aber nicht übermäßig elegant. Die junge Dame verläßt das Haus mit einem reizenden kleinen Koffer und einer Aktentasche. Die Kaffeegesellschaft löst sich auf.

Zu Hause berichtet mir meine Frau, die alles genau beobachtet hat, daß ich der einzige gewesen bin, der mit »ihr« allein war. Die Frage, wie »sie« ist, beantworte ich mit: »Reizend, Liebste, ganz reizend.«

Ich verschweige meiner Frau die dreimonatige Wartezeit und berate mich mit ihr, wie wir »ihr« unsere weitere Aufmerksamkeit beweisen können. Meine Idee, »ihr« drei Monatsgehälter anzubieten, lehnt meine Frau als empörende Geschmacklosigkeit ab. Wir einigen uns schließlich auf einen Motorroller, der ihr zugeschickt werden soll, ohne Absenderbezeichnung, aber so, daß sie weiß, wer ihn geschickt hat. Es müßte praktisch für sie sein, wenn sie selbst motorisiert ist und mit ihrem reizenden Etui von Haus zu Haus fahren könnte. Wenn es ihr gelingt, den Minister erfolgreich zu behandeln (der Bursche scheint hochgradige Spreizfüße zu haben), wird vielleicht meine unerträgliche Wartezeit von drei Monaten abgekürzt. Drei Monate schaffe ich nicht, so doll ist unser Kredit nun nicht – ich hoffe, daß der Motorroller, den ich auf Wechsel kaufen werde, das Faß zum Überlaufen bringt und ich schon nach Ablauf eines Monats in den roten Ledersesseln sitzen werde. Vorläufig sind wir beide – meine Frau und ich – vollkommen down, und wir bedauern aufrichtig, daß es keine Achtzehnpfennigszigaretten gibt, das wäre jetzt das richtige für unsere Nerven ...

An der Grenze

Als ich damals erklärte, ich wollte die Zollaufbahn einschlagen, war die ganze Familie empört. Einzig Onkel Jochen war vernünftig: »Schlag sie ein«, sagte er, »schlag sie ruhig ein.«

Man muß eine gewisse Empörung verstehen: ich hatte Abitur, ein paar Semester Philosophie, war Oberfähnrich der Reserve – und wollte jetzt einfach Zollmann werden.

Ich habe eine ausgezeichnete Figur, bin gesund und intelligent, außerdem war ich von jeher gehorsam – so ließ sich meine Karriere gut an, Pflichtbewußtsein paarte sich bei mir mit einer – ich möchte fast sagen – ruhigen Großzügigkeit.

Als ich nach der Ausbildungszeit mit drei Hemden, drei Unterhosen, Socken, einer netten Uniform und dem Titel eines Zollaspiranten für einige Tage auf Urlaub kam, hatte sich die Empörung der Familie schon etwas gelegt. Mein Vater ging aus seiner Reserve heraus und sagte jetzt schon öffentlich: »Mein Sohn, Sie wissen, der, der Oberfähnrich war – mein Sohn ist jetzt beim Zoll.«

Am ersten Tage meines Dienstes bewachte ich die Schranke bei Bellkerke. Es war warm und vollkommen still – ein Nachmittag: nichts ereignete sich, und obwohl ich müde und schwermütig war, durchkreuzten zahlreiche Gedanken mein Hirn. Nach der Ablösung setzte ich mich hin, gab diesen Gedanken brauchbare Form und schrieb eine kleine

Abhandlung: »Mögliche Grenzfälle im Grenzdienst«, eine – wie ich gestehen muß – völlig theoretische Schrift, die aber als bescheidener Traktat die Aufmerksamkeit meiner Vorgesetzten erweckte. Zudem brachte mir die Schrift – außer der Reihe – die Beförderung zum Zollassistenten ein. Man sieht, ich hatte meine Philosophie nicht ganz umsonst studiert. Ich wurde in den Innendienst versetzt. Bei meinem nächsten Urlaub war die Familie schon vollkommen versöhnt. In der Freizeit dachte ich über eine kleine Abhandlung nach, für die ich noch keinen Titel hatte. In kühnen Augenblicken dachte ich fast an »Grenze der Philosophie«, aber während ich des Titels noch ungewiß war, schritt die Arbeit gut voran, ich reichte sie zur Veröffentlichung im »Zolldienst-Brief« ein, wo sie unter dem Titel »Philosophie der Grenze« meinen Ruf als sinnender Zöllner festigte und mir die Ernennung zum Sekretär eintrug.

Inzwischen erweiterte ich meine praktischen Erfahrungen und gedachte, meiner Schrift einen Anhang »Schwermut des Dienstes« beizufügen. Von dieser Arbeit versprach ich mir viel: sie sollte zeigen, wie komplex unser Dasein an der Grenze – auch im Innendienst – ist, und ich wollte beweisen, daß eine Uniform die Zügigkeit der Gedanken nicht beeinträchtigt. Ich trage das schmucke grüne Kleid mit Stolz.

Natürlich fehlte es nicht an Neidern, die meistens aus den rohen Reihen der bloßen Praktiker kommen, plumpe Gesellen, denen die Schönheit des geschriebenen Wortes nicht klarzumachen ist. Es sind tatsächlich Menschen darunter,

von denen ich positiv weiß, daß sie noch nie ein Feuilleton gelesen haben. Nicht ohne starkes inneres Zögern habe ich inzwischen eine dritte Schrift begonnen: »Sicherheit der Grenze oder Grenze der Sicherheit?« Ich werde viel praktisches Wissen in diese Schrift einarbeiten, um den Neidern das Maul zu stopfen: vor allem meine Erfahrung, daß fast nur Diplomaten und Gesindel passieren: dabei schmuggelt das Gesindel so diplomatisch, die Diplomaten so gesindelig, daß ich mir erlauben werde, meine Schrift zu schließen mit den Worten: Deutsche bleibt im Lande und nährt Euch redlich! Tatsächlich sehe ich nicht ein, warum man – außer im Kriegsfalle! – andere Länder als das eigene besichtigen soll. Welsche Sitten und englische Tücke werden uns eingeschleppt, sonst nichts.
Unter den Einwirkungen einiger intimer Vorfälle wurde mein Anhang »Schwermut des Dienstes« so umfangreich, daß er fast ein eigenes Büchlein zu werden drohte. Aber ich ließ nicht locker und feilte weiter.
Meine Ernennung zum Inspektor wurde von einer praktischen Bewährung abhängig gemacht, und ich zögerte nicht, mich sofort an die Front zu melden: ich spielte mich in einem westdeutschen Großbahnhof als Kaffeekäufer auf, geriet mitten ins Zentrum einer Bande, deren Mitglied ich wurde, und ließ mich langsam vom Strom dieser Banditen von hinten nach vorn tragen. Ich schlief in äußerst fragwürdigen Buden, war gezwungen, mich im Dienste des Staates bei ebenso verlockenden wie gefährlichen Weibern aufzuhalten, trank mit Dieben, aß mit Sündern, rauchte mit

Verbrechern und spielte Karten mit ausgekochten Halunken; zäh und geduldig kämpfte ich mich vorwärts, und eines Tages – oh Wonne der erfüllten Pflicht – konnte ich das verabredete Signal geben: Siebzehn Männer, elf Weiber wurden verhaftet, unter anderem saß auch das Haupt der Bande fest.

Die Sicherheit des Handels war zwar nicht völlig wiederhergestellt, aber nun auf eine höhere Ebene gehoben. Ich bekam Sonderurlaub, kein Neider wagte es mehr, mich der mangelnden Praxis zu bezichtigen: als ich kurz danach meine eben vollendete Schrift einreichte, war mein Triumph komplett: ich wurde zum Oberinspektor befördert und kann wohl mit Recht meine Karriere als gesichert betrachten. Moral: man hindere niemand, sie einzuschlagen!

Der Wellenreiter

Der junge Mann traf nach sechsunddreißigstündiger Fahrt todmüde in Köln ein; es war heiß, Sommer, Sonntagnachmittag. Auf dem Bahnhofsvorplatz herrschte Gedränge, große Schilder und schmuckvolle Transparente kündigten eine Tagung des Drogistenverbandes an. Der junge Mann schleppte sich von Hotel zu Hotel, entfernte sich immer mehr vom Bahnhof und fand endlich eine Unterkunft am Rande der Altstadt. Der Portier machte ihm das Angebot, ein Zimmer mit einem Herrn zu teilen, der sich erboten habe, noch jemanden aufzunehmen.
Der junge Mann erstieg einen heißen, engen Treppenaufgang, in der Hand sein einziges Gepäck: eine Aktentasche und eine Flasche Limonade, die er sich unten hatte geben lassen. Als er nach einem brummigen »Herein« die Tür öffnete, sah er erst einen kleinen weißen Tisch, der mit Papierstücken und einem Haufen losen, dunkelbraunen Tabaks bedeckt war. Das Zimmer lag zur Straße hinaus. Die Fenster waren offen, die Jalousien hochgestellt, und in dem fahlen Licht wirkte der Tabak fast violett. Der Tür gegenüber war ein Spiegel, das Waschbecken hatte einen großen, schwarzen, gelblich geränderten Sprung, und in einem offenstehenden Kleiderschrank sah er nur muffiges Dunkel, dann erkannte er einen zerknitterten Regenmantel und eine abgewetzte Aktentasche, aus der das Bein einer Unterhose heraushing. Links neben der Tür war ein weißbezo-

genes Eisenbett, auf dem ein schwarzer Rock lag, und in der hintersten Ecke entdeckte er endlich im Schatten seinen Zimmergefährten, einen dicken, unrasierten Kerl, über dessen Bauch sich ein blauweißgestreiftes Hemd wölbte. Der junge Mann hielt ihn für einen der vielen Drogisten, die alle Hotels besetzt hielten. Er ging auf die dicke, unbewegliche Gestalt zu, die manchmal Rauchwolken ausstieß und sagte leise seinen Namen: »Wenk.« Der Mann auf dem Bett murmelte, ohne die Augen aufzuschlagen und ohne sich zu rühren, etwas, das wie »Welter« klang und »schon gut«, und dämmerte weiter.

Wenk öffnete den Wasserhahn, legte seine Aktentasche aufs Bett, hängte den Rock des Mannes über einen Stuhl, seinen eigenen an den Messingknopf des Bettpfostens und zog das Hemd aus. Er wusch sich langsam und gründlich, putzte die Zähne und rasierte sich. Welter rührte sich nicht, sprach auch kein Wort. Seine einzige Bewegung bestand darin, den dicken, fast geschwollen wirkenden Mund manchmal zu öffnen und Rauchwolken auszustoßen. Links und rechts von den Jalousien stieg der Rauch in die weißen Himmelsdreiecke.

Wenk fühlte sich sehr wohl nach seiner Wäsche, zündete eine Zigarette an, legte sich dann aufs Bett und schlief ein. Als er wach wurde, war der andere aufgestanden und rasierte sich. Es war kühler geworden, ein leichter Wind machte die Jalousien schaukeln. Draußen war es noch ruhig, irgendwo in einem der Nebenhäuser spielte ein junges Mädchen eine Etüde, wie es zum Sonntagnachmittag gehört. Es spielte schlecht und falsch, und an einer Stelle, wo sich nach dem Empfinden des jungen Mannes ein paar Sechzehntel-Noten häufen mußten, stolperte sie immer wieder oder brach ab.

Welter stand vor dem Spiegel und rieb mit dem schaumgekrönten Rasierpinsel wild in seinem Gesicht herum. Er hatte die Pfeife immer noch zwischen den Lippen, doch schien sie erloschen zu sein. Die Ärmel seines Hemdes waren hochgeschlagen, und die Bewegungen seiner behaarten, kräftigen Arme waren temperamentvoll. Wenk stand auf, zündete seine Zigarette wieder an und lehnte sich ans Fenster. Die Straße war leer, grau und ruhig; im gegenüberliegenden Haus lag ein schmaler, braungebrannter Mann mit einem Netzhemd im Fenster, der eine schwarze Zigarre rauchte. Im Hintergrund des Zimmers sah er eine Frau im roten Unterrock, die sich unter den Achseln puderte.

Das Mädchen am Klavier spielte jetzt ein Volkslied, aber auch das spielte sie falsch, holperig, doch leise und fast schamhaft. »Ich beneide Sie«, sagte Welter plötzlich mit einer sehr warmen und sympathischen Stimme, »daß Sie bei dieser Hitze schlafen können.«

»Wenn man sechsunddreißig Stunden unterwegs ist«, sagte Wenk und wandte sich Welter zu, der sein Rasiermesser eben vom Seifenschaum befreite.

»Drogist?« fragte Welter.

»Nein«, lachte der junge Mann, »ich dachte Sie ...«

»Um Gottes willen«, jetzt lachte Welter, »obwohl ich nichts gegen Drogisten habe, ich wollte, ich wäre Drogist ...«

»Übrigens«, sagte er und zündete seine Pfeife wieder an, »ich bin auch sechsunddreißig Stunden unterwegs und konnte doch nicht schlafen – wäre ich doch Drogist.«
Wenk fühlte sich nach sovielen Andeutungen verpflichtet, aus Höflichkeit zu fragen: »Haben Sie einen so schrecklichen Beruf?«
Aber Welter war beschäftigt, die Seife von seinem Gesicht zu spülen und den Pinsel zu säubern. Draußen auf der Straße wurde es jetzt laut, und Wenk, der sich wieder vorbeugte, sah eine offenbar siegreiche Fußballmannschaft in gelben Trikots, von vielen Verehrern umringt, unten vorbeiziehen. Drüben im Fenster lag die Frau jetzt neben dem Mann. Sie war dick und jung, und sie und der Mann sahen gelangweilt aus. Welter war jetzt fertig, er knöpfte eben seine Krawatte vor und fragte ruhig: »Wie war denn Ihre Route?«
»München – Hamburg, Hamburg – Köln.« Wenk hatte dabei seinen Rock vom Bettpfosten genommen.
»Gute Idee. Was essen gehen, wie? Ich störe Sie doch nicht . . .«, fragte Welter.
Die beiden blieben den ganzen Abend zusammen; offenbar hatten sie Sympathien füreinander; sie saßen, tranken Wein, bummelten am Rhein vorbei, und Wenk überredete Welter sogar, irgendwo mit ihm eine Portion Eis mit Schlagsahne zu essen. Aber Welters Beruf erfuhr er erst später, als sie wieder ins Hotel zurückgekehrt waren. Der Wind hatte sich wieder gelegt, und draußen vor den Jalousien stand eine schwere drängende Hitze. Sie lagen beide auf dem Bett und rauchten. In der Straße herrschte ein mildes Gewirr von

Stimmen und von Geräuschen aus auf leise gedrehten Radioapparaten. Sie schwiegen lange. Wenk rauchte die Zigaretten schnell hintereinander, hastig und gierig, bis sie fast an seinen Lippen klebten, und schleuderte dann die Stummel im hohen Bogen ins Waschbecken. Die Glut in Welters Pfeife blähte sich manchmal im Dunkeln, sank dann wieder zusammen, von Asche verdeckt.
»Und warum«, sagte Welter endlich leise, »warum sind Sie so lange unterwegs?«
Wenk schwieg einen Augenblick, dann sagte er: »Ich bin hinter einer Frau her ...«
»Ist sie wenigstens schön?«
»Ich glaube, schon.«
Sie schwiegen wieder beide, rauchten weiter. Aus den heißen Straßen und den glühenden Steinhaufen drang die Hitze in schweren Wolken hoch.
»Ja, ja«, seufzte Welter wieder, »sehen Sie, ich nehme an, daß Sie achtundzwanzig Jahre alt, blond und 1,80 groß sind. Was würden Sie tun, wenn sie fünftausend Mark hätten?«
Wenk schwieg, aber das Schweigen war plötzlich anders.
»Ja«, seufzte Welter wieder, »was würden Sie tun? Ich suche nämlich einen, der 1,80 groß ist, achtundzwanzig Jahre und blond. Mein Chef vertraut auf meine Intuition. ›Welter‹, sagte er, ›fahren Sie los und suchen Sie ihn. Wir müssen ihn haben. Ihre Intuition wird Ihnen helfen.‹ Oh«, er lachte höhnisch auf, »meine eigene Intuition kotzt mich an. Bei dieser Hitze kotzt mich alles an. Aber sagen Sie, was würden Sie tun?«

Wenk schwieg noch eine Weile.
Als er zu sprechen anfing, war seine Stimme leise, müde, etwas spöttisch. Er war im Dunkeln rot geworden und lächelte. Draußen war immer noch dieses sanfte, unpersönliche Summen, und Wenk zündete eine neue Zigarette an. Er sagte: »Ich glaube, ich würde es machen wie im Kino. Wellenreiter oder sowas ... Riviera ... Florida ... Wellenreiten. Kennen Sie Wellenreiten?«
Welter antwortete nicht. Nur die Glut seiner Pfeife blähte sich im Dunkeln und erlosch wieder.
»Einmal drei Wochen oder drei Stunden«, fuhr Wenk fort, »oder drei Minuten, drei Sekunden keine Sorgen haben, wie diese reichen Huren mit ihren Kerlen, die wellenreiten. Verstehen Sie?«
»Oh ja«, sagte Welter leise.
Wieder schwiegen sie eine Weile und rauchten. Dann fragte Welter plötzlich ruhig: »Sie würden das Mädchen nicht mitnehmen, hinter dem Sie her sind?«
Wenk brach in lautes Lachen aus. Er tastete im Dunkeln nach seinem Rock, warf ihn zu Welters Bett hinüber und sagte: »Sie haben gewonnen, es war die ganze Zeit über in meiner Brusttasche ... es fehlt nichts ...«
Welter rührte sich nicht; er machte auch keine Bewegung, um den Rock aufzunehmen oder zu untersuchen. Nach einer Minute fragte er nur: »Glauben Sie, daß Sie schlafen können?«
»Nein«, sagte Wenk.
»Dann wollen wir fahren.«

In Friedenstadt

Als ich Friedenstadt erreichte, war es zu spät, Sperling noch anzurufen. Der Bahnhof lag im Dunkeln, und der kleine Vorplatz war von jener Stille erfüllt, wie sie auch in kleinen Städten erst gegen elf Uhr einzutreten pflegt. Meine Berechnungen waren wieder einmal falsch gewesen, ebenso, wie ich auch beim Spiel am Nachmittag nicht, wie erwartet, gewonnen, sondern alles verloren hatte. Sperling um elf Uhr aufzusuchen hätte bedeutet, endgültig seine Gunst zu verlieren. Dieser fast zwei Meter große Klotz mit dem lächerlichen Namen schlief um diese Zeit wie ein gefallener Turm, und sein brutales Schnarchen erfüllte das völlig verhangene Schlafzimmer.

In den zwei Minuten, die ich zögernd auf der obersten Stufe der Freitreppe vor dem Bahnhofsgebäude stand, waren die wenigen Leute, die mit mir dem Zuge entstiegen waren, verschwunden. Ich ging langsam in die dumpfe, halbdunkle Halle zurück und spähte nach einem Menschen aus, aber es war niemand zu sehen als der Mann an der Sperre, der nachdenklich auf den Bahnsteig hinauszustarren schien. Mit seiner glänzenden Mütze machte er den Eindruck von Gediegenheit. Ich trat nahe auf ihn zu, er hob mir ein mieses Gesicht entgegen ...

»Mein Herr«, stotterte ich, »in peinlicher Verlegenheit wende ich mich an Sie ...«

Er unterbrach mich, knipste kaltblütig mit seiner Zange

nahe an meiner Nase vorbei in die Luft und sagte gleichgültig: »Es ist zwecklos, so wie Sie mich hier sehen, bin ich blank wie eine Null.« Der Blick dieses Burschen war wie Eis.
»Immerhin«, versuchte ich neu anzufangen ...
»Es ist zwecklos, sage ich Ihnen. Ich pumpe Fremden nichts ... selbst wenn ich was hätte. Im übrigen ...«
»In der Tat ...«
»Im übrigen«, fuhr er unbeirrt fort, indem er die einzelnen Silben mit einer geradezu bleiernen Gewichtigkeit aussprach, »im übrigen, selbst wenn ich – so wie ich hier stehe – Millionär wäre, würde ich Ihnen nichts geben, denn ...«
»Mein Gott ...«
»... denn Sie haben mich bemogelt. Nein, bleiben Sie!« Ich wandte mich wieder um und sah zu, wie er die eingesammelten Fahrkarten aus seiner Rocktasche zog und sie sorgfältig durchsuchte, indem er die kleinen Pappkärtchen wie Geld zu zählen schien ...
»Hier«, sagte er und hielt mir ein bläuliches Gebilde entgegen, »eine Bahnsteigkarte, und sie war von Ihnen.«
»Mein Herr!«
»Und sie war von Ihnen! Sie sollten froh sein, daß ich Sie nicht verhaften lasse, aber statt dessen ... statt dessen versuchen Sie, mich anzupumpen. Bleiben Sie!« schrie er mich an, denn ich versuchte wieder, mich im Dunkeln davonzuschleichen. »Sie leugnen nicht?« fragte er eindringlich und kalt.
»Nein«, sagte ich ...
Er legte mir seine Hand auf die Schulter, nahm seine Mütze

ab, und nun sah ich, daß sein Gesicht, Gott sei Dank, nicht so nagelneu war ...

»Junger Mann«, sagte er, »seien Sie offen zu mir, wovon leben Sie?«

»Vom Leben«, sagte ich.

Er blickte mich an und machte: »Hm. Kann man davon leben?«

»Gewiß«, sagte ich, »aber es ist schwer, es gibt so wenig Leben.«

Der Mann setzte seine Mütze wieder auf, blickte sich um, sah auch in den schwarzen, stillen und leeren Tunnel, der zu den Bahnsteigen führte. Der ganze kleine Bahnhof war tot. Dann sah er mich wieder an, zückte seine Tabaksdose und fragte: »Drehen oder Stopfen?«

»Drehen«, sagte ich.

Er hielt mir die Dose offen hin, stopfte sich mit seinem breiten Daumen eine Pfeife, während ich flink eine Zigarette drehte.

Ich setzte mich zu seinen Füßen auf die Schwellen jenes Häuschens, in dem er sonst zu sitzen pflegte, und wir rauchten schweigend, während der Zeiger über unseren Köpfen sich leise drehte. Man hörte dieses sanfte Geräusch fast wie das Schnurren einer Katze ... »Ja«, sagte er plötzlich, »wenn Sie Geduld haben, den Elfuhrdreißiger noch abzuwarten, lade ich Sie ein, bei mir zu pennen. Wohin wollen Sie denn?«

»Zu Sperling.«

»Wer ist das?«

»Ein Mann, der mir manchmal Geld gibt, um Leben zu kaufen.«

»Umsonst?«

»Nein«, sagte ich, »ich verkaufe ihm ein Stück von meinem Leben, und er druckt es in seiner Zeitung.«

»Oh«, rief er, »er hat eine Zeitung?«

»Ja«, sagte ich.

»Ja dann«, sagte er, ». . . dann«, und er spuckte mir gedankenvoll den Saft aus seiner Pfeife haarscharf am Kopf vorbei: ». . . Dann . . .«

Wir schwiegen wieder in diesem halbdunklen, dumpfen Raum, der ganz still war, nur erfüllt von dem sanften und stetigen Schnurren des Zeigers, bis der Elfuhrdreißiger einlief. Eine alte Frau und ein Liebespaar passierten die Sperre, dann verschloß der Mann das eiserne Gitter, zupfte mich am Ärmel und zog mich hoch . . .

Als wir sein kleines Häuschen erreicht hatten, war es ganz dunkel über Friedenstadt, und ich wußte: Sperlings brutales Schnarchen hatte seinen Höhepunkt jetzt erreicht: es dröhnte durchs Haus, daß die Scheiben und die Zimmerlinden erzitterten, aber ich hatte ja noch eine ganze Nacht Zeit . . .